N&K

Andrea Camilleri

Jagd nach einem Schatten

Roman

Aus dem Italienischen von
Annette Kopetzki

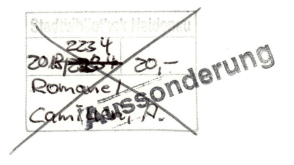

Nagel & Kimche

Die Übersetzerin dankt dem Deutschen Übersetzerfonds
für die Förderung ihrer Arbeit an diesem Buch.

Titel der Originalausgabe: *Inseguendo un'ombra*
© 2014 Sellerio editore, Palermo

1. Auflage 2018

© 2018 Nagel & Kimche
in der MG Medien Verlags GmbH, München
Satz: Eva Kaltenbrunner-Dorfinger, Wien
Druck und Bindung: Friedrich Pustet, Regensburg
Umschlag: Hauptmann & Kompanie, Zürich, unter
Verwendung von Fotos von © akg-images/Cameraphoto

ISBN 978-3-312-01086-8
Printed in Germany

1 Samuel ben Nissim Abul Farag

Eins

Vom breiten Tisch mitten im großen Raum, dessen Platte aus dunklem Massivholz sich unter dem Gewicht dickleibiger Bücher mit speckigen, vom häufigen Gebrauch abgestoßenen Einbänden und schwerer, vielarmiger Kandelaber schon senkt, nimmt Nissim eine elegante kleine Ampulle, die eine trübe gelbe Flüssigkeit enthält und mit einem Stückchen Kaktusfeigenblatt verschlossen ist, hebt sie mit fast priesterlichem Gebaren in die Höhe und legt sie dann behutsam in die zur Schale geformten Hände seines Sohnes Samuel. Nissims Gesichtsausdruck ist feierlich, wie immer, wenn er Riten zelebriert.

«Sei ja vorsichtig, das ist allerfeinstes Glas. Einmal kräftiger geatmet, schon zerbricht es. Du gibst sie Donna Virginia Frangipani, aber nur ihr selbst direkt in die Hand. Weißt du, wo ihr Palazzo ist? Natürlich weißt du das. Donna Virginia wartet schon drauf, du brauchst dem Pförtner nur zu sagen, dass du der Sohn von Rabbi Nissim bist. Und nicht vergessen, sag ihr, sie soll fünfzehn Tropfen nehmen, bevor sie sich schlafen legt, drei Stunden nach Sonnenuntergang.»

Samuel knöpft sein Hemd auf, er trägt es an diesem Morgen zum ersten Mal, und schiebt die Ampulle zwischen den Stoff und die Haut, nach unten rutschen wird sie nicht, das verhindert der Strick, der ihm die Hose um den Bauch zusammenhält.

Jetzt hält Nissim ein rechteckiges Kästchen aus Holz in der Hand. «Das hier bringst du Don Ramunno Scalìa. Ihm sagst du: drei Prisen Pulver dreimal am Tag einatmen, aber auf nüchternen Magen. Und komm schnell zurück, lungere nicht herum, wie du's sonst immer tust.»

Samuel stopft sich das Kästchen in die Hosentasche, während sein Vater die Tür öffnen geht, die von dem großen Raum direkt auf die Gasse hinter dem Haus führt. Dies ist der Eingang für die Christen unter den Kunden, weil er eine gewisse Diskretion gewährt. Samuel tritt auf die Gasse hinaus, biegt um die Ecke und geht an der Hauswand entlang bis zur Hauptstraße. Durch das Fenster sieht er Miriam, seine Mutter, am Herd. Er ruft ihr einen Gruß zu, Miriam hebt den Kopf.

«Wohin gehst du?»

«In den Ort.»

«Und der Ring?»

Richtig, auf dem neuen Hemd, das das alte mit dem zerschlissenen Kragen endlich ersetzt hat, fehlt noch der kleine Ring aus gelbem Stoff, den alle Juden, auch Frauen und Kinder, tragen müssen, wenn sie die Giudecca verlassen, damit sie nicht mit Christen verwechselt werden. Die Geldstrafen sind sehr hoch.

Samuel geht durch die vordere Eingangstür ins Haus zurück, durchquert das winzige leere Vorzimmer, kommt zu seiner Mutter.

«Ich näh ihn dir rasch an», sagt Miriam, die schon Nadel und Faden bereithält. «Dauert nur eine Minute. Wenn du dann zurück bist, näh ich ihn richtig fest. Du brauchst das Hemd nicht auszuziehen.»

Samuel ben Nissim Abul Farag ist erst fünfzehn, doch außer Hebräisch, das sie manchmal in der Familie und mit Freunden sprechen, hat er auch schon Griechisch, Latein, Chaldäisch und Aramäisch gelernt. Im Judenviertel wird allerdings fast nur Arabisch und Sizilianisch gesprochen. Samuel besitzt eine außergewöhnliche Begabung für Sprachen und das Studium der Geschichte, Sitten und Gebräuche anderer Völker. Spät in der Nacht, wenn alle schlafen, erklärt Nissim ihm außerdem flüsternd die schwierigen, geheimnisvollen Schriften der Kabbala, das *Merkavah*, die Vision des Ezechiel und das *Sefer haSohar*, doch vor allem spricht er mit ihm über die zweiundzwanzig Buchstaben des hebräischen Alphabets und die zehn *Sephiroth* oder uranfänglichen Zahlen, deren Kombinationen Gott benutzt hat, um die Welt zu erschaffen. Im Anfang war nicht das Wort, im Anfang waren das Wort und die Zahl. Seither sind die Dinge und die Ursachen für die Dinge und die Folgen der Dinge alle schon aufgeschrieben, müssen aber alle noch entschlüsselt werden.

Er ist größer als die Jungen seines Alters, sein rabenschwarzes Haar kräuselt sich wirr, die leicht krumme Nase berührt fast die vollen, sinnlichen Lippen. Seine Augen sind recht groß, die Pupillen glühen wachsam und unruhig wie zwei kleine wilde Tiere, die immerzu auf der Hut und in Bewegung sind. Mager ist er, seine Rippen kann man einzeln zählen, und dem bisschen Fleisch über seinem kräftigen Knochenbau fehlt es an Festigkeit, auf den Hüften neigt es schon jetzt dazu, schlaff zu werden. Seine Haut ist milchweiß, die Sonne Siziliens konnte ihm nur das Gesicht goldbraun färben.

Nissim, ein außerordentlich gebildeter und sehr geschätzter Rabbiner, der sich jedoch nicht zu schade dafür ist, den Christen gutbezahlte Wundertränke zu verkaufen, deren Rezepte er einem schon fast zu Staub zerfallenen arabischen Papyrus entnimmt, hat kistenweise Talg und ganze Schläuche voller Öl verbraucht, um all sein Wissen an den Sohn weiterzugeben, in den er insgeheim die Hoffnung auf Erlösung setzt. Samuel wird ein großer Gelehrter werden, daran zweifelt Nissim nicht, sein Geschöpf wird eines Tages der Stolz und die Speerspitze eines verachteten, heimatlosen, verleumdeten und verhöhnten Volkes werden. Samuel selbst weiß, und manch einer hat es ihm auch schon gesagt, dass er bei weitem der intelligenteste Junge in Caltabellotta und vielleicht ganz Sizilien ist. Doch niemand kann wissen, dass er außerdem alle anderen, ohne Ansehen des Alters, an Gerissenheit übertrifft.

Während seine Mutter ihm den Ring aufs Hemd näht, denkt Samuel zum ersten Mal über dieses Zeichen der Andersheit nach, das er immer gut sichtbar auf der Brust tragen muss. Was für ein saublöder Einfall! Was für ein fauler Zauber! Wie kann ein bunter Stofffetzen irgendeinen echten Unterschied kennzeichnen? Der wirkliche Unterschied zwischen zwei Menschen sitzt allenfalls in ihren Köpfen, ihren Gedanken, aber doch nicht in Abzeichen, Fahnen, Uniformen oder Ringen aus Stoff. Solche Dinge kann man je nach den Umständen, den Situationen wechseln. Schwieriger ist es, die Gedanken eines Mannes in andere Bahnen zu lenken, aber auch das ist möglich.

Jedenfalls ist das alles kein Problem. Die Christen wollen ihn anders? Er wird sie nicht enttäuschen.

Die Giudecca liegt außerhalb des Ortes, getreu dem Befehl von Kaiser Friedrich, der seit Jahrhunderten befolgt wird, auf halbem Weg zwischen Borgo Sant'Anna und Caltabellotta. Ein Haufen kleiner Häuser, höchstens ein Stockwerk hoch, mit Wänden aus Trockenmauern und behelfsmäßigen Türen, die nur nachts geschlossen werden, eins ans andere gedrängt, als könnten sie nicht allein gerade stehen und müssten sich gegenseitig stützen. Die Hauptstraße teilt das Viertel in zwei Teile, sie ist so eng, dass eine Kutsche kaum hindurchkommt. Die zwei Schritt breiten Gässchen bilden ein Spinnennetz. Nissims Haus, eins der wenigen mit einem Obergeschoss, liegt zum

Glück direkt an der Hauptstraße, die Sonne beleuchtet es auf ihrer täglichen Bahn von allen Seiten. Wenn Samuel seine Eltern beim Besuch eines Verwandten oder einer befreundeten Familie begleiten muss, fühlt er sich schon bald dem Ersticken nahe, wird unruhig und empfindet bei der Zeremonie des Abschieds große Erleichterung wie jemand, der endlich wieder atmen kann, nachdem ihm lange die Luft abgeschnürt wurde. Dreihundert Juden leben hier, das sind viele, wenn man bedenkt, dass Caltabellotta trotz seiner zwei großen Kastelle, seiner reichgeschmückten Kirchen und prächtigen Häuser weniger als dreitausend Einwohner zählt.

Und wegen der drangvollen Enge ist man nicht nur gezwungen, zu Hause leise zu sprechen, damit die Nachbarn nichts hören, es gibt auch keinen einzigen Juden, der über Wohl und Wehe seiner zweihundertneunundneunzig Glaubensbrüder nicht bestens Bescheid weiß.

Vielleicht liegt es daran, dass Samuel nie Kleiner, Jungchen oder *naar*, Junge, genannt wurde, sondern alle stets seinen Namen ausgesprochen haben, Samuel, sogar mit einem Hauch Respekt.

Er geht langsam durch die Hauptstraße, die Sonne steht schon hoch, die meisten Vorübergehenden tragen den Tallit über den Schultern, den Gebetsmantel mit Fransen, den sich die Rabbiner, wenn sie Christen begegnen, zum Zeichen der Missachtung über den Kopf ziehen. Alle Werkstätten sind geöffnet. In der von Matteo Granina, dem Schuhmacher, drängen sich sogar viele Kunden aus Caltabellotta, und Andrang herrscht auch bei Salomone Pujades, dem Tischler, der robuste und elegante Möbel herstellt. Die Christen verachten die Juden, aber sie scheuen nicht davor zurück, mit ihnen gute Geschäfte zu machen.

Jetzt liegt das Judenviertel hinter ihm. Doch fünfzig Meter vom letzten Haus entfernt steht noch eins, ein einsames Haus, das denen des Judenviertels aufs Haar gleicht. Es gehört Moisè Tranchina, dem Schmied, der zum Christentum konvertiert ist. Seine ehemaligen Glaubensbrüder wollten nicht, dass er weiterhin in ihrer Mitte lebt, er sollte zu den Christen ziehen. Doch die Christen lehnten ihn ab, weil sie nicht an die Aufrichtigkeit seiner Bekehrung glaubten, darum hat Moisè sich sein Häuschen in einem Niemandsland gebaut. Er selbst ist auch langsam zu einem Niemand geworden, er hat fast keine Kunden mehr.

Jetzt wandert Samuel über die Felder. Das Land rings um Caltabellotta gilt den Christen als von Gott gesegnet, doch Samuel weiß, dass der einzige Gott, der diesen Boden fruchtbar machen kann, der Fluss Verdura ist. Mit seinen üppig strömenden Wassern nährt er Weingärten und Obstplantagen, Orangen- und Zitronenhaine.

Samuel kann den nahen Wechsel der Jahreszeiten auf Anhieb an den Gerüchen erkennen, die im ersten Morgengrauen von den Äckern herangeweht werden, dem Duft von Jasmin, Pfirsichblüte, reifen Trauben ... Vorausgesetzt, der Wind steht günstig.

Ja, das ist ein Problem, immer günstigen Wind zu haben. Doch was muss man wissen, um sich selbst so steuern zu können, dass man immer auf der richtigen Seite des Windes steht?

Die Sonne brennt, Samuel holt ein großes weißes Taschentuch aus seiner Hosentasche und knotet es sich um den Kopf. Dieses Stück Wegs geht es steil bergan. Eine Reihe Karren und Maultiere kommt aus Caltabellotta herunter, es sind die Bauern auf der Rückkehr aus dem Ort, in den sie am frühen

Morgen hinaufgefahren sind, um Obst, Gemüse und Eier zu verkaufen. Eingehüllt in eine Staubwolke, ziehen sie vorüber. Samuel bleibt stehen, um ihnen Platz zu machen. Auf dem ersten Karren sitzt ein fetter Bauer, ein unter den Stößen der Räder zitternder Fleischberg, auf der Stirn einen Kranz aus dicken Schweißtropfen. Als er auf Samuels Höhe ankommt, starrt er ihn einen Moment lang aus wässrigen Augen an, dann spuckt er ihm wortlos einen grünlichen Auswurf auf den Fuß. Samuels Gesicht bleibt vollkommen reglos, in seinem Körper bewegt sich kein Muskel. Er wartet, bis die ganze Reihe vorüber ist, bevor er weitergeht.

Nach dreihundert Metern gibt es eine Abzweigung, einen schmalen Pfad. Samuel schlägt ihn ein und bleibt nach etwa hundert Schritten an einer Kurve stehen. Unter ihm liegen in einem kleinen Tal etwa dreißig Häuschen, ganz ähnlich denen des Judenviertels. Hier leben in bitterer Armut die wenigen Nachkömmlinge jener Araber, die einst als königliche Herren, als stolze Herrscher über diese Gegend das wunderbare Kastell Rocca delle Querce erbauten, Qal'at-al-Ballut, das dem Städtchen seinen Namen gab. Doch die Häuschen wirken unbewohnt.

Samuel sammelt alle Luft, die er in den Lungen hat, legt die Hände an den Mund und schreit: «Allallù!»

Dreimal wiederholt er den Ruf. Dann sieht er seinen Freund Hakmet aus einem Häuschen treten, der sofort die Arme hebt und ihm zuwinkt. Samuel macht ein Zeichen, er solle zu ihm kommen, wartet aber nicht auf ihn.

Er geht den Pfad zurück, nimmt wieder die Straße hinauf in den Ort, der fast tausend Meter hoch liegt. Als die ersten Häuser in Sicht kommen, biegt er links ab. Hier führt ein Ziegenpfad zu einem Dutzend natürlicher Grotten, sie dienen Hirten und Vagabunden manchmal als nächtlicher Unterschlupf. In der Luft liegt der angenehme Duft des Zitronengrases, ein Zeichen, dass es hier einen unterirdischen Wasserlauf gibt. Genüsslich atmet Samuel den Duft ein, dann tritt er in die erste Grotte, wo es sehr kühl ist, weil sie zur Hälfte aus einer Art Becken mit klarem, eiskaltem Wasser besteht. Er setzt sich auf einen Stein, nimmt die Ampulle, zieht den Stopfen ab, leert sie zur Hälfte auf dem Boden aus und füllt sie mit dem Wasser aus dem Becken. So wird der Wundertrank, den sein Vater für Donna Virginia Frangipani zubereitet hat, keine Wirkung haben.

Wenn sein Vater in dem großen Raum seiner alchimistischen Experimente einen Kunden empfängt, findet Samuel immer eine Gelegenheit, heimlich zu lauschen.

Donna Virginia hat Nissim um ein Heilmittel gegen ihre Unfruchtbarkeit gebeten, sie braucht es unbedingt, weniger weil sie ein Kind bekommen will, als um einen Erben zu haben, denn sie ist in eine komplizierte Erbschaftsangelegenheit verwickelt. Samuel tut es leid um Nissim, der wahrscheinlich eine reiche Kundin verlieren wird, aber warum noch einen Christen in die Welt setzen, noch einen Judenbespucker?

Er zieht das rechteckige Kästchen aus der Hosentasche, das er Don Ramunno Scalìa übergeben soll, und öffnet es. Es ist bis zum Rand mit einem sehr feinen, weißen Pulver gefüllt.

Es soll Don Ramunno helfen, seine mit dem Alter dahingeschwundene Manneskraft zurückzugewinnen. Unter Seufzen und Hüsteln hat der Alte Nissim zu verstehen gegeben, dass er sich in die fünfzehnjährige Tochter eines Dieners verguckt hat, der bereit ist, sie ihm für wenig Geld zu überlassen. Samuel kramt am Grund seiner Hosentasche nach einem runden Döschen, füllt es mit einem Teil des Pulvers für Don

Ramunno, verschließt es und steckt beide Behälter wieder zurück an ihren Platz.

Dann steht er auf, zieht sich nackt aus und steigt in das Becken. Das Wasser reicht ihm bis zur Brust, es lässt ihn erschauern. Langsam beugt er die Knie, bis sein Kopf unter Wasser verschwindet. Es ist eine Art Ritual geworden, jedes Mal, wenn er Gelegenheit hat, in diese Wanne zu steigen, versucht er, so lange er kann, unter Wasser zu bleiben. Und er weiß, dass seine Widerstandskraft von Mal zu Mal wächst, es ist mühsam, aber sie wächst. Er will es schaffen, so lange unterzutauchen, bis der Mangel an Luft in seinen Lungen zum Vorzimmer des Todes geworden ist. Zu gerne würde er ausprobieren können, wie sich der Tod anfühlt. Natürlich nur für ein paar Minuten. Keuchend, mit einem dumpfen Schmerz in den Ohren taucht er auf und sieht Hakmet vor sich stehen.

«Was soll ich machen?», fragt der Freund.

«Zieh dich aus. Ich hab ein bisschen Zeit.»

Hakmet nimmt die rote Schärpe ab, die alle Araber um die Brust gewickelt tragen müssen, um sich von den Christen und den Juden zu unterscheiden, dann zieht er sein Hemd aus und steht mit nacktem Oberkörper da. Er dreht sich um und lässt langsam seine Hose sinken. Er weiß, dass Samuel den Anblick seiner Hinterbacken genießt, wenn sie, fest wie unreife Früchte, nach und nach erscheinen. Dann steigt er in die Wanne, hebt die Arme.

Samuel streicht ihm mit der Hand übers Gesicht, die Brust, den Bauch und weiter unten, als wüsche er ihn.

«Dreh dich um.»

Hakmet gehorcht. Samuel fährt mit den Handflächen Zentimeter für Zentimeter über seinen Körper. Eine langsame, endlose Liebkosung.

«Bück dich.»

Hakmet stützt die Hände auf den Rand der Wanne, krümmt den Rücken. Samuel stellt sich hinter ihn, hält ihn an den Hüften.

Er hat seine Runde beendet, hat die Ampulle und das Kästchen abgeliefert, doch statt den Rückweg einzuschlagen, geht Samuel zum Laden von Salvatore Indelicato, dem Kräutermann, der das rechte Heilmittel gegen jedes Leiden hat, von der Fallsucht bis zum Dreitagefieber, vom Zahnweh bis zum Durchfall. Samuel tritt auf die Ladenschwelle, drinnen sind zwei Kunden, er geht besser nicht hinein. Da hebt Salvatore die Augen und entdeckt ihn in der Tür. Samuel geht zurück auf die Piazzetta und versteckt sich hinter einem Tor, von wo aus er den Ladeneingang ungesehen beobachten kann. Nach einer Weile sieht er einen der beiden Kunden herauskommen, schließlich verschwindet auch der andere.

Samuel schießt hinter dem Tor hervor, läuft über die Piazzetta, kommt keuchend im Laden an.

«Hier bin ich», ruft Salvatore aus dem Hinterzimmer.

Wenige Minuten später ist Samuel schon wieder draußen. Jetzt hat er ein paar schöne Münzen in der Tasche, Indelicato hat sie ihm für das Döschen mit dem Pulver gegeben, das er von der für Don Ramunno Scalià bestimmten Ration abgezweigt hat. Diese Geschäfte mit dem Kräutermann macht Samuel schon seit einigen Jahren.

Auf dem Grund des versiegten Brunnens in Cirinnà liegt ein Ledersäckchen unter einem Haufen Steine, und darin steckt bereits eine hübsche Summe. Aber sie reicht nicht für das, was er vorhat.

Es ist spät geworden, sein Vater wird mit ihm schimpfen.

Wenn er den Ort so schnell wie möglich verlassen will, müsste er die linke Straße voller Verkaufsstände und lärmender Fuhrwerke nehmen, doch in diesem Moment erspäht er aus dem Augenwinkel einen reglosen Schatten vor dem Laden von Salvatore Indelicato. Instinktiv spürt er, dass er beobachtet wird, doch er wagt nicht, sich umzudrehen. Sein Herz klopft schneller. Ob endlich der Zeitpunkt jener so lang ersehnten zufälligen Begegnung gekommen ist? Wenn es so ist, darf sie freilich nicht in dieser viel zu bevölkerten Straße stattfinden, jemand aus dem Judenviertel könnte ihn sehen. Also biegt er in eine menschenleere, enge Gasse ein, die in vielfachen Windungen stetig bergab führt. Er geht sehr langsam, damit der andere, vorausgesetzt, es ist der Richtige, Zeit genug hat, ebenfalls diesen Weg einzuschlagen, doch vom anderen Ende her. Plötzlich lächelt er, sein Schritt wird schneller. Er hat richtig geraten, jetzt wird die Begegnung unvermeidlich sein. Nur noch wenige Meter vor ihm steigt schnaufend ein etwas zu beleibter Karmeliterpater die Gasse hinauf. Es ist Frate Arrigo, er hat Moisè Tranchina bekehrt, außerdem zwei andere Juden, die es jedoch vorgezogen haben, weit wegzuziehen. Oft sieht man ihn in der Nähe des Judenviertels auf Beute lauern wie eine Krähe, immer bereit, sich auf einen Juden zu stürzen, der gerade einen schwierigen Moment durchlebt, den Tod eines geliebten Menschen, eine Beleidigung (wie kommt er eigentlich an diese Informationen?), und sich an ihn zu krallen wie ein Blutsauger, um ihm bis zur völligen Erschöpfung vom Trost des christlichen Gebets zu sprechen, ihn von der Notwendigkeit der Bekehrung zu überzeugen. Samuel drückt sich an eine Hauswand, um ihn vorbeizulassen.

Doch der Frate bleibt stehen, lächelt ihn an. Sein Gesicht ist rosig und gutmütig. «Endlich!», sagt er.

«Warum?», fragt Samuel, Erstaunen heuchelnd.

«Bist du Samuel ben Nissim?»

«Ja.»

«Ich will dich schon seit langem treffen.»

«Mich?»

«Ja, dich.»

«Und was will Vossia von mir?» Er weiß ganz genau, was der Frate von ihm will.

«Ich möchte mal in Ruhe und allein mit dir reden.»

«Aber ich will nicht mit Vossia reden.» Während er das sagt, dreht er ruckartig den Kopf zur Seite, als könnte er den Anblick des Mannes nicht mehr ertragen. Den Preis erhöhen, eine Grundregel, die alle befolgen, da gibt es keinen Unterschied zwischen den Religionen.

Frate Arrigos Lächeln wird breiter. «Ich könnte dich für die Zeit bezahlen, die du durch mich verlierst ...»

Das ist Musik in seinen Ohren. Der Frate ist in die Falle gegangen, die Regel hat funktioniert. Samuel wartet, dass sein Gegenüber jetzt sagt, wie viel er ihm geben will, doch der Frate schweigt. Nach einer Weile spricht er. «Ich kenne Nissim, deinen Vater. Wir plaudern manchmal ein bisschen. Ein anständiger Mensch, rechtschaffen und ehrlich.»

Wieder verstummt der Mönch. Was hat sein Vater damit zu tun? Wenn er wüsste, dass sein Sohn mit Frate Arrigo spricht ...

«Ich glaube, er wäre zu Tode betrübt, wenn ich ihm verrate, was sein Sohn treibt», setzt Arrigo wieder an.

«Was treibe ich denn?», fragt Samuel herausfordernd.

Er zeigt es nicht, aber er ist sehr unruhig geworden. Ihm kommt ein schrecklicher Verdacht. Weiß der Frate womöglich von seiner Beziehung zu Hakmet? Jude und Sodomit bedeutet den sicheren Scheiterhaufen.

«Salvatore Indelicato ist ein guter Christ, der oft zur Beichte geht», fährt Frate Arrigo fort, während er Samuels Blick sucht.

Jetzt hat er verstanden. Der Frate weiß, dass er dem Kräutermann einen Teil der Wundermittel seines Vaters verkauft. Das ist zwar gefährlich, aber weit weniger als die Anschuldigung, die er befürchtet hat. Der Frate zwingt ihn zu einer Entscheidung. Aber war es nicht genau das, was er wollte, ein Treffen mit ihm? Und wenn er nicht sofort einen Verdienst herausschlagen kann, na wenn schon. Er will antworten, aber der Frate kommt ihm zuvor.

«Hast du eher vormittags oder nachmittags Zeit?»

Jetzt weiß er, dass er ihn in der Hand hat. Und so ist es.

«Vormittags. Aber ins Kloster oder in die Kirche kann ich nicht kommen.»

«Das weiß ich doch. Wir können uns im Schuppen hinter dem Haus von Moisè Tranchina treffen, wo er sein Eisen lagert. Bist du einverstanden?»

«Ich bin einverstanden.»

«Dann erwarte ich dich morgen um die Mittagszeit», sagt der Frate und geht weiter.

Gut, dann hat er vorher noch Zeit, um Hakmet zu sehen.

In den Brunnen von Cirinnà hinabzusteigen ist eine langwierige Angelegenheit. Zuerst muss die am Fuß des großen Olivenbaums vergrabene Seilrolle ausgegraben werden. Wenn die Rolle sichtbar herumläge, bekäme jemand, der vorübergeht, sicher Lust, sie mitzunehmen. Es könnte aber auch Schlimmeres passieren, nämlich dass diesem Jemand einfällt, das Seil zu benutzen, um sich in den Brunnen hinabzulassen und nachzusehen, was am Grund liegt. Ist das Seil ausgegraben, muss ein Ende fest um den kräftigen Stamm eines Apfelbaums nahe beim Brunnen geknotet werden, dann kann der Abstieg beginnen, indem man sich an den Steinen der Brunnenwand abstützt. Am Grund muss der Haufen Steine beiseitegeräumt, das Ledersäckchen geöffnet, das am Vormittag verdiente Geld hinzugefügt und dann jeder einzelne Schritt in der umgekehrten Richtung gemacht werden. Wobei man auf keinen Fall vergessen darf, alle Spuren des Besuchs sorgfältig zu beseitigen. Spuren beseitigen. Immer. Das hat ihn die Verfolgung seines Volkes gelehrt. Und nicht nur die Spuren von Schritten.

Zwei

Auf dem Heimweg hat er nach langem Überlegen eine gute Entschuldigung für seine diesmal wirklich zu große Verspätung erfunden. Er wird sagen, dass Donna Virginia Frangipani ihn stundenlang hat warten lassen, bis sie so gnädig war, ihn zu empfangen.

Als er schweratmend ins Haus kommt, das letzte Stück Weg ist er gelaufen, sitzen Nissim und Miriam schon am Tisch und warten auf ihn, um mit dem Abendessen beginnen zu können. Er will sich mit seiner erfundenen Entschuldigung rechtfertigen, doch er kommt nicht dazu, denn kaum hat sein Vater ihn erblickt, springt er auf, stürzt ihm entgegen und drückt ihn voller Rührung fest an sich.

«Was ist los?», fragt Samuel.

«Eine große, wunderbare Neuigkeit, mein Sohn!»

Samuel wundert sich, dass am immer gleichen grauen Himmel seiner Eltern ein leuchtender Komet aufgetaucht sein könnte. Und welches unwahrscheinliche Ereignis sollte er wohl ankündigen?

«Was ist passiert, Vater?»

Nissim räuspert sich, bevor er spricht, er muss einen Schluck Wasser trinken, dann sagt er mit brüchiger Stimme: «Ein Bote ist eigens aus Girgenti gekommen. Salomone Anello will dich kennenlernen. Er erwartet uns übermorgen um die Mittagszeit.»

«Wie kommen wir hin?»

«Ich habe mit Don Michele Alletto gesprochen, er leiht uns seine Kutsche für einen ganzen Tag.»

Nissim ist stolz und glücklich, dass der Ruf seines Sohnes einem so reichen, vor allem aber so frommen Mann wie Salomone Anello zu Ohren gekommen ist. Vor Jahren hat er für die Juden von Girgenti auf seine Kosten eine Synagoge und eine Religionsschule, die Mezquita, erbauen lassen, die er großzügig mit Ländereien ausgestattet hat und mit einer üppigen Rendite von nicht weniger als hundert Florin im Jahr unterstützt. Nissim berichtet, dass er dem Boten versprechen musste, sie würden der Einladung Folge leisten, denn Salomone Anello ist schon sehr alt und sehr krank, die Ärzte sagen, dass seine Tage gezählt sind.

«Warum will er mich denn kennenlernen?»

«Wenn du alt genug bist, wird Anello dir die Leitung der Mezquita übertragen, da bin ich ganz sicher!», frohlockt sein Vater.

Nissim bebt geradezu vor Freude, Miriam betrachtet ihren Sohn mit feuchten Augen. Für den begrenzten Horizont seiner Eltern ist dies ein Ziel, das unerreichbar schien. Samuel heuchelt Begeisterung, obwohl er sie nicht im Geringsten empfindet. Er hat ganz andere Ambitionen. Die Mezquita von Salomone Anello könnte höchstens eine Notlösung darstellen. Immerhin kann es nie schaden, reiche und mächtige Männer zu kennen. Er setzt sich an den Tisch, stumm, als würde die Aufregung ihm den Mund verschließen. Er hat ordentlich Appetit bekommen.

Jeden Abend, wenn draußen tiefe Dunkelheit herrscht und die Haustür verschlossen wird, begeben sich Nissim und Samuel in den großen Raum. Nissim zündet die Reste der dicken Kerzen in einem dreiarmigen Kandelaber an, setzt sich neben seinen Sohn.

Heute ist ein gerader Tag, darum wird der Abend und ein Gutteil der Nacht dem Notarikon gewidmet. Ein Verfahren, das darin besteht, die Anfangs- und die Endbuchstaben bestimmter Worte so lange zusammenzustellen, bis sich aus ihnen ein neues, sinnvolles Wort ergibt. Der Übergang der Bedeutung von den verwendeten Worten bis zu dem Wort, das man schließlich erhält, wird zu einem Weg der Erleuchtung, wenn man dessen Ziel zu erkennen vermag, und er wird die Eingangstür zur Vervielfältigung des Wissens sein.

An ungeraden Abenden widmen sie sich der Gematrie, der Deutung des Zahlenwerts der Worte. Jeder Buchstabe entspricht einer Zahl, und die Summe dieser Zahlen ergibt niemals willkürliche Ergebnisse, denn werden das Buchstabenzeichen und der entsprechende Zahlenwert aufeinander bezogen, öffnen sie Wege zu neuen Erkenntnissen.

Die ersten drei und die letzten drei Tage des Monats gehören dem Studium der Temura, bei der die Buchstaben eines Graphems anders angeordnet werden müssen, um ein neues Graphem mit einer völlig gegensätzlichen Bedeutung zu erhalten. Für die Worte Schmerz und Freude benutzt man die gleichen Buchstaben, aber anders angeordnet.

«Er ist eine perfekte Temura.» Dieser blasphemische Gedanke war Samuel gekommen, als er das erste Mal mit Hakmet im Wasser der Grotte zusammen war und ihn wimmern hörte. «Sein Schmerz ist meine Freude.»

Jetzt erlöschen die abgebrannten Kerzen. Nissim zündet einen Kandelaber an, der mit Olivenöl gespeist wird.

«Siehst du», sagt Nissim aufgeregt, «das Wort, das Olivenöl bedeutet, setzt sich aus vier Buchstaben zusammen. Die ersten beiden, Taw und Jod, ergeben zusammen den Zahlenwert vierhundertzehn, während die letzten beiden, Kaph und Taw, sich zu vierhundertzwanzig summieren. Damit entsprechen sie exakt den Jahren, in denen der Kandelaber den ersten und den zweiten Tempel erleuchtete. O nein, die Gematrie irrt nie!»

Samuel lächelt. Wenn die Ergebnisse der Zahlenwerte anders ausgefallen wären, hätte sein Vater trotzdem Entsprechungen zu historischen Daten gefunden. Er hätte nur die Qual der Wahl gehabt. Bei einem Volk, welches gezwungen ist, ein obsessives Andenken an seine Geschichte zu bewahren, um die Gründe für das Sein im Gewesensein zu finden, lebt sogar die Erinnerung an das Datum eines außergewöhnlich heftigen Gewitters oder der Geburt von Sechslingen ewig fort.

Samuel begreift die Kabbala als raffinierte Übung in Akrostichen und Anagrammen.

Er hat es seinem Vater nie erzählt, aber eines Nachts hat er angefangen, die Temura auf seinen eigenen Namen anzuwenden. Verboten ist das nicht, aber es wird strikt davon abgeraten. Ein Passus der *Oneirokritika*, der Traumdeutung des Artemidor von Daldis, den er am Tag zuvor gelesen hatte, hat ihn dazu angeregt. Dort steht geschrieben, dass die Deutung von Eigennamen eines gewissen Nutzens nicht entbehrt. Nutzen im Sinne einer besseren Selbsterkenntnis. Steht nicht außerdem geschrieben und wird immer wieder gesagt, dass nomina sunt omina? Dass sich im Namen ein Vorzeichen verbirgt? Oder dass nomina sunt consequentia rerum? Wenn die Namen die Folge der Dinge sind, was soll dann schlecht daran sein zu erfahren, aus welcher Ursache man selbst als Wirkung folgte?

Doch bei ihm ist das nicht so einfach, er wurde zweifach benannt, man gab ihm einen arabischen und einen jüdischen Namen, als wäre das Doppelwesen von Anfang an sein Kennzeichen, sein vorgezeichneter Weg, sein unausweichliches Schicksal. Wozu dient der Name? Sicher, er ist das signum individuationis eines Menschen, doch er enthält auch das Andenken an die Vorfahren, an ihre Geschichte, ihre Laster und Tugenden, ihre Siege und Niederlagen.

Ist das womöglich der Grund, warum im Alten Testament der Name desjenigen verflucht wird, der eine schwere Verfehlung beging? Wenn die Leute ihn aber nach arabischem Brauch Samuel ben Nissim Abul Farag oder nach hebräischem Brauch Giuda Samuel, Sohn des Sabbetai Farachio, nennen, wie können sie dann sicher sein, dass sie ein und dieselbe Person bezeichnen? Oder genügt ihnen allein das Aussehen dieser Person?

Klar und deutlich enthalten seine Namen die Grapheme für das Glück und das Licht. Doch die Temura hat nach stundenlangem Studium den Schleier über das nicht Ausdrückliche, das nicht Sichtbare gehoben.

Kann es sein, dass der Name sowohl einen Segen als auch einen Fluch enthält? Den Ruhm und die Schande? Ein positives Zeichen und sein Gegenteil?

Bedeuten diese beiden Gegensätze den Morast der Unbeweglichkeit, einen ewigen, lähmenden Widerspruch, oder kann aus ihnen die schöpferische Kraft hervorgehen, die ihn befähigen wird, sein Leben lang zu forschen?

Er kann nicht einschlafen. Im Verlauf dieses Vormittags hat er zwei deutliche Zeichen erhalten, die jedoch in genau entgegengesetzte Richtungen weisen. Das wundert ihn nicht, alles, was ihm widerfährt, scheint sich immer stärker an der Temura seines Namens auszurichten. Das erste war die Begegnung mit Frate Arrigo, das zweite die Einladung von Salomone Anello. Die Situation muss ruhigen Blutes, mit größter geistiger Klarheit beurteilt werden. Die Schritte, die er in den nächsten Stunden unternimmt, werden sicher entscheidend für seine Zukunft sein. Salomone Anello ist sein Glaubensbruder, und was er ihm auch versprechen kann, wird stets auf den Lebenskreis eines verfolgten, über die Erde verstreuten, zum Umherirren verdammten Volkes beschränkt sein. Anellos ganze Macht beruht auf seinem enormen Reichtum, das ist wahr, doch zehn Zeilen eines königlichen Edikts genügen, um ihn in die Verbannung und ins Elend zu stoßen. Frate Arrigo ist nur ein Karmeliterpater, wahrscheinlich besitzt er nicht mehr als das, was er am Leib trägt, doch hinter ihm steht, unsichtbar und allgegenwärtig, die großartige Macht der Kirche, die unaufhaltsame Gewalt der siegreichen Christen. Und sie wollen weiterhin siegen. Es gibt so viele Mönche und Priester, die sich der Bekehrung der Juden widmen, sie stehen sogar unter dem Befehl des Großmeisters Matteo Gimarra in Palermo, aber er kennt keinen einzigen Juden, der sich um die Bekehrung der Christen bemüht. Die Juden haben sich in ihre Niederlage ergeben.

Er steht von seinem Bett auf, bewegt sich gewandt in der Dunkelheit, geht in den großen Raum, öffnet das Fensterchen neben der Tür, klettert hindurch und lässt sich in die Gasse hinab. Es ist eine Vollmondnacht, die Felder liegen nur ein paar Schritte entfernt. Unter einem Olivenbaum legt er sich auf den Boden. Hier ist gut sein, die drückende Hitze in den Erdschollen ist verdampft und einer angenehmen Kühle gewichen. Ohne den Hund, der in der Ferne verzweifelt bellt, wäre die Stille vollkommen. Urplötzlich wird ihm etwas klar, von dem er nicht weiß, ob es gut oder schlecht ist. Als kleiner Junge hat er nie mit den anderen Kindern des Judenviertels gespielt. Aus freiem Entschluss, nicht weil Nissim oder Miriam es ihm verboten hätten. Der Treffpunkt der Kinder war und ist immer noch der Olivenbaum, unter dem er jetzt liegt. Von hier zogen sie in Grüppchen los, auf der Suche nach Vogelnestern, frischgereiften Früchten oder märchenhaften verborgenen Schätzen ... Nein, er kann wirklich nicht sagen, dass er eine Kindheit wie die anderen gehabt hätte, und auch seine Jugend war, wenigstens bis jetzt, im Grunde einsam, anders. Warum? «Maktub, so steht es geschrieben», würde Hakmet sagen. Vielleicht hat er recht. Alles steht schon für ihn geschrieben, von dem Moment an, als der Samen seines Vaters den Schoß seiner Mutter befruchtet hat. Und von dem Moment an, als ihm sein Name gegeben wurde.

Es steht geschrieben, dass er imstande sein wird, die Religionen der Menschen zu studieren, ohne selbst an eine einzige zu glauben, es steht geschrieben, dass der Geruch von Frauenhaut heftige Ekelgefühle in ihm auslösen wird, es steht geschrieben, dass er die Greuel der Unzucht praktizieren wird, wie es die Christen nennen, es steht geschrieben, dass die Grenze zwischen Wahrheit und Lüge bei ihm so schwach ausgebildet sein wird, dass sie kaum mehr wahrnehmbar ist, es steht geschrieben, dass ... Nein, weiter kann er nicht gehen. Was sonst im großen Buch seines Schicksals geschrieben steht, folgt auf den nächsten Seiten, die alle noch aufgeblättert werden müssen. Und es ist ein Buch, das man nicht konsultieren kann, es findet sich in keiner Bibliothek.

Langsam schlummert er ein.

Er hat seine Waschungen gerade beendet, seine Eltern schlafen noch, da dringt von ferne unaufhörliches Trommelwirbeln, versetzt mit Trompetenschall, an sein Ohr. Das bedeutet gewiss nichts Gutes. Conte Carlo De Luna, der Herr über Caltabellotta, hasst die Juden und denkt sich immer neue Schikanen aus. Während Samuel sich ankleidet, stehen auch Nissim und Miriam auf. Er stößt die Haustür auf, geht auf die Straße. Die Gruppe, die sich zu Pferd nähert, besteht aus zwei Trommlern und zwei Trompetern, die ein Viereck um den Ausrufer bilden. Der Conte stellt seinen Reichtum und seine Macht gern zur Schau. Alle Pferde tragen Schabracken mit dem Wappen der De Luna. Der Ausrufer, prächtig gekleidet, der Hut mit Federn geschmückt, hält immer wieder an und liest die Proklamation fast flüsternd vor. Sicher hat der Conte ihm das befohlen, um die zuhörenden Juden in Schwierigkeiten zu bringen.

Placet Ihro Hochgräflichen Gnaden Dominus Carolus, dass keinem Juden soll erlaubt sein, am Tage vor einem Hochfest der Sancta Mater Ecclesia in publico zu arbeiten oder jedweden andren Dienst zu verrichten, und selbiges wird gebüßet mit einer Strafe von einem Augustalis, zur einen Hälfte zu zahlen an die Baukammer der Sancta Ecclesia, zur anderen Hälfte an die Baukammer der Stadtmauern von Caltabellotta.

Da die Juden nicht verpflichtet sind, die christlichen Feiertage einzuhalten, zwingt Ihro Gnaden Conte De Luna sie am Vortag zum Nichtstun. Ein Arbeitstag weniger. Er will, dass sie noch ärmer und elender werden, als sie ohnehin schon sind.

Samuel fragt sich, ob nicht auch das ein für ihn bestimmtes Zeichen ist, ein Hinweis auf die richtige Entscheidung.

Sie liegen nackt im Gras, um an der Sonne zu trocknen. Für Samuel sind das seltene, kostbare Momente, nachdem er seine Lust befriedigt hat, scheint sein Gehirn das frenetische, unermüdliche Arbeiten einzustellen, zwar denkt er noch immer, natürlich, aber die Gedanken stürzen nicht mehr so wild auf ihn ein, sondern kommen in langen, trägen Wellen wie das Meer an glühend heißen Tagen.

«Möglich, dass ich nach Palermo geh», sagt Hakmet plötzlich, ohne sich zu seinem Freund umzudrehen.

Samuel richtet sich ruckartig auf. Für ihn wäre das ein schwerer Verlust. Vielleicht sogar ein unersetzlicher. Wo findet er wieder einen so fügsamen und zuverlässigen Freund?

«Wann?»

«Vielleicht nächsten Monat.»

«Und warum?»

«Da lebt mein Onkel. Er kann mir eine Arbeit finden, sagt er. Kannst du mir vielleicht sagen, was ich hier machen soll?»

Stimmt. Was für eine Zukunft hat Hakmet in Caltabellotta? Und er, Samuel?

Hakmet umarmt ihn, flüstert ihm ins Ohr: «Mach dir keine Sorgen. Ich lass dich hier nicht allein zurück. Morgen …»

«Morgen können wir uns nicht sehen.»

«Warum?»

«Ich fahre mit meinem Vater nach Girgenti. Aber am Abend bin ich zurück.»

«Dann komm ich übermorgen mit meinem Vetter Abdullah vorbei. Ich hab mit ihm geredet. Er ist einverstanden.»

Samuel sagt nichts. Hakmet fährt fort: «Aber ihm musst du was geben. Mach ihm manchmal ein Geschenk.»

«Einverstanden.»

Die Tür zum Schuppen hinter dem Haus von Moisè Tranchina steht halb offen. Samuel steckt den Kopf hindurch, er sieht nur einen Haufen altes Eisen, das Licht ist zu schwach.

«Komm rein.» Das ist die Stimme von Frate Arrigo.

Jetzt sieht er ihn, er sitzt auf einem groben Schemel. Neben sich hat er einen zweiten.

«Soll ich die Tür schließen?», fragt Samuel.

«Wenn du sie zumachst, sitzen wir im Dunkeln. Sei unbesorgt, niemand wird uns stören. Komm her und setz dich neben mich.»

Kaum hat er sich gesetzt, stellt Arrigo ihm eine Frage in einer Sprache, die Samuel überrascht. Doch seine Verwirrung dauert nur einen Augenblick, dann antwortet er in derselben Sprache. Der Frate hat ihn auf Aramäisch gefragt, wie alt er ist, und er hat geantwortet, fünfzehn Jahre.

«Stimmt es, dass du auch Latein, Griechisch und Chaldäisch kannst?»

«Ja, sicher. Wenn Ihr es ausprobieren wollt ...»

Der Frate lächelt. «Das ist nicht nötig, ich glaube dir. Außerdem kann ich nur Latein.»

Mit seinem starren, wie festgefrorenen Lächeln betrachtet er Samuel eine Weile, als würde er ihn abschätzen.

«Weißt du, wie viel du wert sein kannst?», fragt er plötzlich.

Jetzt ist es Samuel, der lächelt. «Der Wert eines Menschen ist immer relativ, er ändert sich je nach den Umständen.»

«Erklär das genauer.»

«Eine Goldmünze, die auf einen Abfallhaufen fällt, ist nichts wert, hat man diese Goldmünze aber im eignen Beutel, kann man sich davon kaufen, was man will.»

Frate Arrigo sieht ihn bewundernd an. «Da hast du ein gutes Beispiel gewählt. Weißt du, was du jetzt in diesem Moment wert bist?»

Die Frage verdient keine Antwort, sie ist zu leicht. Tatsächlich sagt der Frate genau das, was Samuel vorausgesehen hat. «Du bist die Goldmünze, die auf den Abfallhaufen gefallen ist. Morgen, wenn wir uns wiedersehen ...»

«Morgen geht es nicht.»

«Vergiss nicht, dass du dich verpflichtet hast. Du willst doch nicht, dass deinem armen Vater ein großer Kummer bereitet wird ...»

«Es geht nur um morgen. Ich fahre nach Girgenti, weil Salomone Anello mich kennenlernen will.»

«Oh!», sagt der Frate.

Samuel hat ihm ganz bewusst den Zweck seiner Reise nach Girgenti verraten. Er bietet sich zur Versteigerung an. Wenn er ihn haben will, muss Frate Arrigo, der genau weiß, wie reich Salomone Anello ist und was er Samuel bieten kann, sein Angebot erhöhen. Samuel ist nicht irgendein Moisè Tranchina. Er ist sein Gewicht in Gold wert.

Frate Arrigo schweigt eine Zeitlang, dann spricht er wieder. «Anello will dich in der Mezquita?»

«Scheint so.»

«Darf ich dich um einen Gefallen bitten?»

«Sprecht.»

«Sag ihm nicht sofort zu.»

«Und was hab ich davon?»

«Hör auf mich, nimm dir ein bisschen Zeit zum Nachdenken. Berichte mir, was er von dir will, dann sprechen wir darüber. Vielleicht kann ich dir einen guten Vorschlag machen.»

Die Versteigerung ist eröffnet, genau wie er wollte.

«In Ordnung.»

«Hör zu, Samuel. Es ist sinnlos, wenn ich mit dir wie mit den anderen unwissenden Juden spreche. Wie viel Zeit hast du heute Morgen?»

«Noch eine halbe Stunde.»

«Gut, dann erkläre ich dir für den Anfang, was die christliche Taufe bedeutet.»

Samuel weiß alles über die christliche Taufe, trotzdem heuchelt er gespannte Aufmerksamkeit. Für ihn persönlich würde die Taufe ein Ende und einen Anfang, einen Tod und eine Auferstehung bedeuten. Die Möglichkeit, ein anderer zu werden, das Selbst zu begraben, das er war. Das Verschwinden der Raupe und ihre Verwandlung in einen Schmetterling.

«Fruchtbarer Boden lässt abwechslungsreiche Landschaften entstehen», denkt Samuel, der den Blick keinen Moment vom Fenster der Kutsche wendet.

Bei Tagesanbruch sind sie losgefahren, mittlerweile liegen die Orangenhaine von Ribera, die Oliven von Montallegro und die Obstgärten von Siculiana hinter ihnen, gerade fahren sie von Realmonte hinunter nach Marina di Girgenti, und in der Luft liegt schon der Geruch nach Salz.

Tatsächlich tut sich nach einer Kurve das Meer vor ihnen auf, und hinter dem Horizont liegt das Land, in dem seine Vorfahren gelebt haben, bevor sie nach Spanien zogen und von dort schließlich vertrieben wurden.

Ihm fällt ein Vers von Ibn Hamdis über das Meer ein, *siehe, da liegt es grünschimmernd, und nach ihm verzehrt sich die Seele* ...

«Nur noch ein kurzes Stück», sagt Nissim.

Die ganze Fahrt über hat er kein Wort gesagt, doch die wenigen Bewegungen, die er gemacht hat, mal, um einen Schluck Wasser zu trinken, mal, um den Sack zu kontrollieren, den er bei sich trägt, haben durch ihre übertriebene Hast verraten, wie nervös er ist.

Das kurze Stück bedeutet, fast noch eine Stunde durchgerüttelt zu werden.

Sie sind in Girgenti angekommen, Nissim bemerkt, dass der Kutscher das Pferd zur Porta di Ponte lenkt, dem Eingang in die Stadt. Er beugt sich aus dem Fenster, erklärt dem Kutscher, dass das Haus, zu dem sie gefahren werden wollen, außerhalb der Stadtmauern liegt, und dass er einen langen Umweg machen muss. Der Kutscher ist nicht ortskundig, er scheint nicht einmal zu verstehen, was ihm gesagt wird. Da öffnet Nissim den Schlag, steigt aus und klettert auf den Kutschbock. Die Kutsche fährt weiter.

Das von einem großen Garten umgebene Haus von Salomone Anello strotzt vor Reichtum. Vier blankpolierte Kutschen stehen nebeneinander auf dem großen Platz vor dem weit geöffneten Eingangstor. Doch ringsum sieht man keine Menschenseele.

Samuel streckt seine taub gewordenen Beine aus, doch sein Vater drängt, schiebt ihn, eine Hand auf seinem Rücken, unruhig vorwärts.

«Es ist spät.»

Einen Torwächter sehen sie nicht. Die Eingangshalle ist weiträumig, vor ihnen erhebt sich eine majestätische, mit Teppichen bedeckte Treppe.

Nissim ist verwirrt. «Was sollen wir tun?»

«Wir gehen hinauf», sagt Samuel.

Drei

Sie sind erst vier Stufen hinaufgestiegen, da sehen sie einen Mann von imposanter Statur herunterkommen, der sie mit einer Handbewegung zum Stehenbleiben nötigt und fragt: «Seid ihr Verwandte?»

Die Frage kommt völlig überraschend für Vater und Sohn. Nissim bleibt der Mund offen stehen, Samuel verneint.

«Wollt ihr Salomone Anello sehen?», fragt der Mann.

«Ja», antworten Nissim und Samuel gleichzeitig.

«Er ist noch nicht fertig», sagt der Mann. «Kommt mit.»

Sie gehen die vier Stufen wieder hinunter und folgen dem Mann durch die Vorhalle, dann öffnet er eine Tür und lässt sie in einem großen Raum mit Bänken an allen vier Wänden Platz nehmen.

«Wartet hier», sagt der Mann im Hinausgehen und schließt die Tür.

Die Hälfte der Bänke ist mit Männern jeden Alters besetzt. Einer weint, seine beiden Nachbarn trösten ihn leise.

Nissim und Samuel, die einen ganz anderen Empfang erwartet hatten, sind verwirrt.

Was bedeutet es, dass Salomone Anello noch nicht fertig ist? Er steht erst so spät am Morgen auf?

Dann wird die Tür geöffnet, und es erscheint ein sehr elegant gekleideter, vierzigjähriger Mann mit leicht geschwollenen Wangen und offenbar vom Weinen geröteten Augen. Alle, die auf den Bänken saßen, erheben sich und gehen auf ihn zu. Doch sie bleiben stehen, als der Vierzigjährige sich an Nissim und Samuel wendet.

«Ich kenne Euch nicht. Wer seid Ihr?»

«Ich bin Nissim, Rabbi von Caltabellotta, und das ist mein Sohn Samuel, den Salomone kennenlernen wollte. Darum sind wir gekommen.»

«Ach so!», ruft der Mann aus. «Dann wisst Ihr nicht, dass mein Vater Salomone ...» Er stockt, das Sprechen bereitet ihm Mühe. «... heute Morgen starb.»

Es ist, als wäre urplötzlich die Nacht hereingebrochen.

Nissim hat nicht einmal mehr die Kraft gefunden, die Treppe hinaufzusteigen und dem Verstorbenen die letzte Ehre zu erweisen, und als sie das Haus verlassen haben und zur Kutsche gegangen sind, hat er sich schwer auf seinen Sohn stützen müssen.

Die Rückfahrt ist peinigend und scheint kein Ende zu nehmen. Nissim sitzt traurig in sich zusammengesunken da, der Tod von Salomone Anello ist nicht nur ein unschätzbarer Verlust für alle Juden in Girgenti und die umliegenden Ortschaften, für ihn persönlich bedeutet er auch das Ende der Hoffnungen, die er auf Samuel gesetzt hat. Und wenn nicht das Ende, so doch mit Sicherheit negative Aussichten. Jetzt wird der Weg seines Sohnes schwieriger werden, er wird auf schier unüberwindliche Hindernisse stoßen, die er mit Salomones Wohlwollen und Geld leicht hätte umgehen können.

Auch Samuel ist nachdenklich. Dieser Tod hat die Versteigerung zunichtegemacht, die er abhalten wollte, um sich an den Meistbietenden zu verkaufen, ja, sie hat nicht einmal beginnen können, denn mit einem einzigen Anbieter, der den Preis zahlen kann, der ihm gefällt, gibt es keine Versteigerung.

Ihm bleibt nichts anderes übrig, er wird sich Frate Arrigo übergeben müssen, ohne verhandeln zu können.

Nach sechs Monaten heimlicher, unregelmäßiger Zusammenkünfte im Schuppen von Moisè hält Frate Arrigo eines Morgens mitten in einer leidenschaftlichen Rede inne und verharrt lange in einem nachdenklichen Schweigen.

«Was habt Ihr?», fragt Samuel.

«Ich denke darüber nach, dass es auf diese Weise nicht mehr weitergehen kann.»

«Auf welche Weise?»

«Hier drin, in diesem Schuppen, diese Treffen höchstens alle zwei Tage ... Weißt du, Samuel, mit dir kann man schnell aufs Ziel zusteuern, du bist mit einer überragenden Intelligenz begabt, und wir werden jetzt zum zweiten Teil der Glaubenslehre übergehen, dem schwierigeren, für den du jeden Tag Zeit zum Nachdenken und Gespräche und praktische Übungen brauchst ...»

«Und was folgt daraus?»

«Daraus folgt, dass du deine Familie verlassen und zu uns ins Kloster ziehen musst.»

«Das ist nicht Euer Ernst, Vossia!» Samuel springt vom Schemel auf.

«Früher oder später musst du es sowieso tun!»

«Nein, jetzt ist mir noch nicht danach.»

«Mein Sohn, so überlege doch ...»

«Da gibt es nichts zu überlegen», sagt Samuel.

Er dreht ihm den Rücken zu und geht aus dem Schuppen.

Der Frate läuft hinter ihm her, packt ihn am Arm und führt ihn wieder hinein.

Samuels Reaktion war zum Teil ehrlich und zum Teil einstudiert. Ehrlich, weil er sich noch nicht bereit fühlt, die Flut der Empörung, der Schmähungen und Beleidigungen zu ertragen, die sich nach Bekanntwerden seiner Konversion über ihn und indirekt auch über Nissim und Miriam ergießen wird. Er hat plötzlich Angst bekommen, wie Moisè zu enden, von den Seinen verstoßen und von den Christen nicht angenommen. Außerdem hat Hakmet auf Samuels Bitten seine Abreise nach Palermo um ein Jahr verschoben, und um nichts auf der Welt würde er auf ihre Treffen verzichten. Einstudiert, weil er aus seiner Weigerung, sich ins Kloster zurückzuziehen, und später aus der unvermeidlichen Einwilligung etwas herauszuschlagen hofft, was er sich in die Tasche stecken kann, als Entschädigung für die nie eröffnete Versteigerung.

Schon seit einiger Zeit hat er begriffen, dass Frate Arrigo mindestens so große Pläne mit ihm hat wie sein Vater.

Im Schuppen hebt die Diskussion wieder an. Samuel erklärt dem Mönch, dass er seinen Eintritt ins Kloster für verfrüht hält und dass seine Abwesenheit für Nissim auf jeden Fall einen großen wirtschaftlichen Schaden bedeuten wird, weil er dem Vater bei der Zubereitung seiner Wundertränke hilft. Das muss der Mönch schlucken, obwohl es alles andere als die Wahrheit ist.

So erhält Samuel schließlich einen Aufschub von drei Monaten und das Versprechen einer beträchtlichen Summe als Entschädigung für Nissims Einbußen. Wirklich, die Christen wollen ihn sich durchaus nicht entgehen lassen.

Schon am nächsten Tag erhält er den Beweis dafür, als er außer Frate Arrigo einen zweiten Karmelitermönch im Schuppen vorfindet, eine hochgewachsene, eindrucksvolle Gestalt mit strenger, verschlossener Miene. Der Frate stellt den Neuankömmling nicht vor, doch Samuel weiß, dass er der Prior ist, dem alle, einschließlich Conte De Luna, großen Respekt entgegenbringen.

Während des ganzen Gesprächs, das sich um die Dreifaltigkeit dreht, wird der Prior ihn keinen Moment lang aus den Augen lassen und kein Wort sprechen.

Erst als sie sich verabschieden und der Prior aufsteht, wird er seine rechte Hand auf Samuels Kopf legen.

An dem Tag, als er sechzehn Jahre alt wird, sie sitzen beim Mittagessen, räuspert sich Nissim, nachdem er Miriam einen Blick zugeworfen hat, den sie mit einem Zeichen der Zustimmung erwidert, und verkündet seinem Sohn feierlich: «Dies ist der rechte Tag, um mit dir zu sprechen.»

«Worüber?»

«Über deine Zukunft. Als Mann, meine ich.»

«Erklär mir das genauer.»

«Deine Mutter und ich denken, dass du jetzt alt genug bist, um dich zu verloben.»

Der Bissen, den er gerade schlucken wollte, bleibt Samuel in der Kehle stecken. Ein Heiratsversprechen? Auf keinen Fall, nicht mal im Traum! Obwohl er überrumpelt wurde, findet er auf Anhieb eine kluge Verteidigungstaktik.

«Ich verstehe Euch nicht, Vater», sagt er.

«Warum nicht?»

«Was soll das bedeuten? Ihr glaubt an mich, immer wieder sagt Ihr, dass ich die Speerspitze unseres Volkes sein werde, aber statt mich frei und unbesorgt meinen Weg gehen zu lassen, wollt Ihr mir schon so jung die Last einer Familie aufbürden?»

Er hat ins Schwarze getroffen, das sieht er an Nissims Miene. Doch der gibt noch nicht auf. «Ich habe nicht gesagt, dass du sofort heiraten, sondern dass du dich verloben sollst. Die Kleine wird warten können.»

Aus reiner Neugierde fragt Samuel: «An wen habt Ihr gedacht?»

«An Lea, die jüngste Tochter von Sabatino Graziànu, der ein entfernter Verwandter von uns ist.»

Ein einziges Mal hat er zufällig neben Lea gesessen, das hat ihm gereicht. Sie ist nicht nur fett, dumm und eitel, ihre Haut glänzt auch immer vor Schweiß und stinkt unerträglich nach Frau. Es wäre schon ein Albtraum, wenn sie mit ihm an einem Tisch säße, ganz zu schweigen davon, sie als Ehefrau im eigenen Bett vorzufinden.

«Ein gutes Mädchen, glaube ich», sagt er. «Doch ich will mich jetzt noch nicht verloben.»

Das hat er mit fester Stimme gesagt, er würde das Gespräch hier gerne beenden.

Doch Nissim bleibt beharrlich. «Einverstanden, wir warten. Aber ich möchte trotzdem mit Sabatino Graziànu sprechen und erfahren, ob er bereit ist, dir seine Tochter zu geben.»

«Ja, tu das.»

Wenn Sabatino einwilligt, was außer Frage steht, handelt es sich noch nicht um eine offizielle Verlobung, also wird er nicht verpflichtet sein, mit seiner zukünftigen Braut Umgang zu haben. Würde man das von ihm verlangen, hätte er keine andere Fluchtmöglichkeit, als unverzüglich in das Karmeliterkloster zu eilen.

Da es Don Ramunno Scalìa, wenn auch unter großen Mühen, gelungen ist, das Töchterchen eines seiner Diener zu besitzen, und er vor allen Leuten ein Loblied auf Nissims Pulver gesungen hat; da Donna Virginia Frangipani, wer weiß wie, doch noch schwanger geworden ist und Nissims Trank das Verdienst zuschreibt, haben sich seine Geschäfte vervielfacht. Und vervielfacht haben sich auch Samuels Einkünfte, denn er treibt weiterhin Handel mit Salvatore Indelicato, dem Kräutermann.

Natürlich mit dem stillschweigenden Einverständnis von Frate Arrigo. Und so hat sich zu dem Ledersäckchen am Grund des Brunnens von Cirinnà ein Zwillingsbruder gesellt.

Eines Morgens nach der gewohnten Begegnung in der Grotte hat Hakmet, der an diesem Tag zärtlicher ist als sonst, keine Lust, sich von seinem Freund zu trennen, und beschließt, ihn auf seinem Botengang in die Stadt zu begleiten. Stillschweigend sind sie sich einig, dass sie, wenn Samuel hinterher ein bisschen Zeit bleibt, noch einmal in die Grotte zurückgehen werden, und sei es nur für eine rasche Umarmung.

Doch die Runde dauert wegen einiger Zwischenfälle länger als erwartet, außerdem ist Indelicatos Geschäft voller Kunden, und Samuel muss lange warten, bevor er hineingehen kann. Sie werden ihren Plan nicht mehr ausführen können.

«Da kann man nichts machen. Dann begleite ich dich eben bis zum Brunnen», sagt Hakmet, der in das Geheimnis eingeweiht ist.

Doch auch nachdem sie das Seil zum Hinab- und Hinaufsteigen wieder versteckt haben, weicht Hakmet nicht von der Seite seines Freundes, sie trennen sich erst kurz vor Moisès Haus.

Samuel wartet, bis Hakmet nicht mehr zu sehen ist, dann geht er in den Schuppen zum Treffen mit Frate Arrigo. Doch der Schuppen ist leer. Samuel beschließt zu warten, erst als der Frate nach geraumer Zeit immer noch nicht kommt, nimmt er den Weg zurück ins Judenviertel.

Schon nach wenigen Schritten hört er seinen Namen rufen. Er dreht sich um. Es ist Hakmet, er läuft auf ihn zu.

«Was ist los?»

«Ich wollte gerade nach Hause, da seh ich einen Mann am Brunnen in Cirinnà.»

Samuel wird unruhig. «Was hat er getan?»
«Er ist reingestiegen.»
«Hat er dich gesehen?»
«Nein.»
«Wir müssen hin, schnell!»
Sie fangen an zu laufen. Samuels Herz klopft wild. Vielleicht hat jemand, der zufällig in dieser Gegend vorbeikam, sie am Brunnen beobachtet. Sicher hat er dann auch gesehen, wo sie das Seil versteckt haben. Sein Schatz ist in großer Gefahr.

Die Straße ist leer, sie begegnen nur einem Karren. Der Fuhrmann schreit etwas, was sie nicht verstehen.

Als der Brunnen in Sicht kommt, gehen sie langsamer. Den Mann sieht man nicht, doch das um den Baumstamm geknotete Seil, das schlaff über den Brunnenrand hängt, zeigt, dass der Unbekannte hinabgestiegen ist und noch immer im Brunnen sein muss. Samuel nimmt einen großen Stein, geht langsam und tief gebückt auf den Brunnen zu, gefolgt von Hakmet.

Plötzlich spannt sich das Seil, der Mann hat es ergriffen, um sich wieder hochzuziehen.

Samuel steht jetzt aufrecht nah am Brunnenrand, die Hand mit dem Stein hoch erhoben.

Wie ein Resonanzboden verstärkt der Brunnenschacht das Keuchen des am Seil emporkletternden Mannes.

Dann tauchen seine Hände auf, weiß vor Anstrengung umklammern sie das Seil.

Samuel schnellt wie ein Pfeil nach vorn, der schwere Stein trifft mit Wucht auf diese Hände, zerquetscht sie auf dem steinernen Brunnenrand.

Er hat gerade noch Zeit, das Blitzen zweier Augen zu sehen, sie sind weit aufgerissen vor Überraschung und Schmerz.

Dann lässt der Mann mit einem furchtbaren Schrei das Seil los und stürzt, immer noch schreiend, auf den Grund, wo das Geschrei zum Wimmern wird.

Hakmet, der einen so großen Stein in der Hand hält, dass er ihn nur mit Mühe hochheben kann, wirft ihn in den Brunnen auf den Körper des Mannes.

Samuel tut es ihm nach.

Hakmet wirft einen zweiten Stein.

Jetzt hat der Mann aufgehört zu wimmern. Die beiden lauschen. Kein Laut kommt mehr aus der Tiefe.

«Was machen wir jetzt?» Hakmets Stimme zittert.

«Wir müssen runter und nachsehen.»

«Ich ... das kann ich nicht.»

«Ich steige hinunter», sagt Samuel.

Er klettert über den Rand, dreht sich um, ergreift das Seil und lässt sich hinab, bis seine Füße schließlich auf etwas Weiches, Regloses stoßen, den Körper des glücklosen Diebes.

Der Brunnen ist nicht sehr tief, und die Sonne steht fast auf ihrem höchsten Stand. Eine Weile hält Samuel die Augen geschlossen, um seine Pupillen auf das Halbdunkel vorzubereiten, dann öffnet er sie wieder.

Einer der schweren Steine, die sie hinuntergeworfen haben, hat den Kopf des Mannes völlig zerschmettert.

Überall sind Blutspritzer, man muss sehr gut aufpassen, um sich nicht schmutzig zu machen.

Der Mann hatte sich die beiden Geldsäckchen um den Bauch gebunden, und glücklicherweise ist er auf den Rücken gefallen, also braucht man ihn nicht einmal umzudrehen, um an die Säckchen heranzukommen.

Während Samuel die Säckchen losbindet, kann er nicht umhin zu bemerken, dass er mit einer Kaltblütigkeit handelt, die er nicht zu besitzen glaubte. Er kennt sich selbst noch immer nicht genug.

Kurz darauf steigt er keuchend vor Anstrengung wieder an die Oberfläche. Er nimmt die beiden Säckchen, die er sich in die Tasche gesteckt hatte, und gibt sie Hakmet. «Nimm sie und versteck sie gut, ich verlasse mich auf dich. Ab jetzt gehört eins von diesen zwei Säckchen dir.»

Hakmet glaubt, er hätte sich verhört. «Du schenkst es mir?»

«Ja.»

Gerührt bückt sich Hakmet, um ihm die Hand zu küssen.

Samuel geht zum Baum, löst den Strick, rollt ihn zusammen und wirft ihn in den Brunnen.

Sie werden sowieso nie wieder hierherkommen.

Am nächsten Tag geht im Judenviertel das Gerücht um, Conte De Luna sei außer sich vor Wut über das Verschwinden eines seiner Diener, eines gewissen Isaia, ein abtrünniger Jude, den er sehr gern hatte und jetzt überall suchen lässt. Tatsächlich kommen schon am Nachmittag Soldaten ins Judenviertel und verhören jeden, den sie treffen. Doch es scheint, dass Isaia in dieser Gegend nicht gesehen wurde.

Während des abendlichen Studiums der Kabbala ist Samuel so unaufmerksam, dass Nissim ihn mehrmals ermahnen muss.

Als er am folgenden Morgen seine Lieferungen in der Stadt machen geht, sieht er von weitem viele Soldaten um den Brunnen von Cirinnà stehen.

Sie haben die Leiche gefunden, das ist klar. Aber es wird sehr schwierig werden, denkt er, ihn und Hakmet für das Verbrechen verantwortlich zu machen. Das im Grunde kein Verbrechen war, er hat ja nichts anderes getan, als seinen Besitz vor einem Dieb zu schützen, der ihn stehlen wollte.

43

Hakmet ist nicht in der Grotte. Seltsam, das hat er noch nie getan, er ist zu jeder ihrer Verabredungen gekommen. Was mag passiert sein? Samuel tröstet sich mit der Vermutung, dass Hakmet möglicherweise wegen der großen Aufregung am Vortag krank geworden ist.

Er hat seine Botengänge erledigt und wartet jetzt versteckt im Hauseingang, bis er den Laden des Kräutermanns betreten kann, da schnappt er zufällig das Gespräch zweier Männer in der Nähe auf.

«Heute früh haben sie einen verhaftet, einen Araberjungen.»

«Wie sind sie auf ihn gekommen?»

«Ein Fuhrmann hat ihnen erzählt, dass er sie zum Brunnen laufen sah. Es waren zwei Jungen, einer mit dem Ring und einer mit der Schärpe.»

Samuel ist wie gelähmt, in Schweiß gebadet. Doch sein Gehirn arbeitet mit einer Klarheit und Geschwindigkeit, die er nie für möglich gehalten hätte. Er zieht sein Hemd mit dem gelben Ring aus und hängt es sich über den Arm, er späht hinaus auf die Piazza, dann nutzt er einen Moment, als der Platz leer ist, um in die einsame Gasse zu stürzen, in der er Frate Arrigo zum ersten Mal begegnet ist.

Er verlässt die Stadt im Laufschritt, doch aus Vorsicht nimmt er nicht die Straße, die ins Judenviertel führt, sondern Feldwege, die die Strecke länger machen, aber größere Sicherheit bieten, um zum Schuppen von Moisè zu gelangen.

Bevor er eintritt, zieht er das Hemd wieder an und bringt sein Aussehen in Ordnung, er will nicht, dass der Mönch ihm ansieht, wie erschüttert er ist.

Doch der bemerkt sofort, dass mit Samuel etwas nicht stimmt. «Was ist los mit dir?»

«Gestern Abend hat mein Vater mir etwas angekündigt, das mir nicht gefällt.»

«Was denn?»

«Er will, dass ich ihn morgen ins Haus von Sabatino Grazianu begleite und mich mit seiner Tochter Lea verlobe.»

«Warum gefällt dir diese Ankündigung nicht?», fragt der Mönch.

«Weil ich mich nicht verloben will.»

«Nicht mit Lea oder auch nicht mit irgendeinem anderen Mädchen?», fragt Frate Arrigo boshaft nach.

Samuel kann nicht verhindern, dass er zusammenzuckt. Ob der Mönch gar von seiner Geschichte mit Hakmet weiß? «Ich will mich nicht verloben, das ist alles.»

«Nun gut», sagt der Frate und erhebt sich. «Dann komm mit mir ins Kloster.»

Und er geht los. Zornig folgt Samuel ihm. Nun, da er es ist, der das Kloster um Zuflucht bittet, wird Frate Arrigo sich nicht mehr verpflichtet fühlen, ihm die Entschädigung für Nissim zu zahlen.

Als die Klostertür sich hinter Samuel geschlossen hat, geht Frate Arrigo wieder nach draußen auf die Piazza. So erfährt er vom Mord an Isaia, vom Fund der Leiche, davon, dass ein Araberjunge verhaftet wurde und dass sie seinen Komplizen suchen. Da kommt ihm die Idee, die Situation auszunutzen. Im Gespräch mit einem Bekannten setzt er das Gerücht in die Welt, dass die Soldaten auch Samuel verhaftet haben, weil sie glauben, der Junge wisse etwas vom Mord an Isaia. Er handelt aus eigener Initiative, Samuel weiß nichts von alledem, doch der Frate hofft, auf diese Weise zu erreichen, dass die Nachricht von Samuels Bekehrung so spät wie möglich und nur bruchstückhaft im Judenviertel ankommt, um eine spontane Reaktion zu vermeiden, die sehr heftig ausfallen würde.

Dass sein Sohn verhaftet wurde, erfährt Nissim, als er besorgt und fast weinend in den ersten Nachmittagsstunden in die Stadt hinaufgeht, um nach ihm zu fragen.

Er hat nur eine einzige Karte, die er ausspielen kann, und das tut er. Der Hauptmann der Wachen des Conte, Capitano Panotto, ist ein heimlicher Kunde von ihm. Nissim geht ins Hauptquartier, fragt nach Panotto. Der empfängt ihn sofort.

«Stimmt es, dass mein Sohn Samuel heute Morgen verhaftet wurde?»

Panotto sieht ihn erstaunt an. «Davon weiß ich nichts. Wartet hier.» Er geht hinaus, kommt kurz darauf zurück. «Heute Morgen ist kein Jude verhaftet worden.»

«Wo ist er dann?»

«Das fragt Ihr mich? Seid Ihr sicher, dass er nicht bei irgendeiner Hure ist?»

Nissim hätte ihn vielleicht lieber im Gefängnis gewusst, statt so spurlos verschwunden.

Ein Mönch hat ihm Essen in die Zelle gebracht, als säße er im Gefängnis. Der Mann ist das erste menschliche Wesen, das Samuel sieht, seit er im Kloster angekommen ist.

Erst kurz vor Sonnenuntergang taucht Frate Arrigo auf. Er hat Kleidung zum Wechseln für Samuel dabei. Und eine Kutte.

Zuallererst trennt er den Faden auf, mit dem der Ring aus gelbem Stoff an Samuels Hemd genäht ist.

«Das brauchst du jetzt nicht mehr. Wusstest du übrigens, dass man im Brunnen von Cirinnà die Leiche eines Dieners vom Conte gefunden hat?»

«Nein», sagt Samuel in möglichst gleichgültigem Tonfall.

«Sie haben einen kleinen Araber verhaftet, der Ärmste.»
«Warum der Ärmste?»
«Erst mal, weil er vielleicht unschuldig war. Und dann, weil er unter der Folter gestorben ist, ohne ein Wort zu sagen.»

Vier

Wenn es nach Capitano Panotto ginge, würde er nie auch nur einen Fuß ins Judenviertel setzen, doch er muss sich alle vier Tage dorthin begeben, gewisser wohltuender Anwendungen wegen, die Nissim ihm im großen Raum seines Hauses zur Heilung seines rechten Armmuskels verabreicht. Ohne diese Anwendungen wäre der Capitano nicht mal imstande, sein Schwert zu zücken.

Und jedes Mal wird das Unbehagen, das er empfindet, wenn er von Juden umgeben ist, prompt durch Nissim selbst verstärkt, der ihn, kaum dass er ihn erblickt, sofort mit weinerlicher Stimme fragt: «Gibt es Nachrichten von meinem Sohn?»

Nicht dass der Capitano keine Nachforschungen anstellen würde, doch er muss mit äußerster Diskretion vorgehen, denn wenn Ihro Gnaden Conte De Luna erfahren würde, dass einer seiner wichtigsten Männer Zeit wegen eines dreckigen Juden vergeudet, der verschwunden ist, gäbe es großen Ärger. Der Conte würde ihn auf der Stelle seines Ranges entheben und seinen Sold streichen. Da ist Panotto ganz sicher, obwohl der Conte ihn in diesen Tagen auf Händen trägt, weil er die Mörder von Isaia gefunden hat, zwei Araber, die unter der Folter gestanden haben.

«Wie habt Ihr das gemacht, Capitano?»

«Ganz einfach, Signor Conte. Der arme Isaia ist gesteinigt worden, nicht wahr? Also habe ich mich gefragt: Wer praktiziert die Steinigung? Die Araber, lautete die Antwort. Der Rest war leicht.»

Es vergeht eine ganze Zeit, dann kann der Capitano das Verschwinden des Jungen endlich aufklären, und er wartet nicht erst den Tag der Anwendung ab, um zu Nissim zu gehen und ihm das Geheimnis zu enthüllen. Allerdings kostet es ihn nicht wenig Mühe, Nissim davon zu überzeugen, dass Samuel aus freiem Willen ins Kloster gegangen ist, weil er sich zum Christentum bekehren möchte. Nissim wehrt sich mit all seiner Kraft gegen die Wahrheit.

«Habt Ihr ihn denn mit eigenen Augen gesehen?»

«Mit eigenen Augen nicht, uns Bewaffneten ist es strikt verboten, ein Kloster zu betreten.»

«Wie könnt Ihr dann sagen, dass ...»

«Weil Frate Arrigo es einem meiner Männer erzählt hat, den er auf der Straße getroffen hat.»

Doch Nissim hört nicht mehr zu.

Als er den Namen Frate Arrigo hörte, hat er beschlossen, unverzüglich zu den Karmelitern zu eilen, freilich eher, weil er eine verneinende Antwort erhalten will. Eine Bestätigung erwartet er nicht, denn es ist undenkbar, dass Samuel sein eigenes Blut verraten hat.

Und jetzt hockt Nissim vollkommen durcheinander auf den Stufen der Kirche gegenüber dem Kloster und wartet, dass Frate Arrigo zurückkehrt oder herauskommt.

Nach einer Weile taucht der Frate auf, er verlässt das Kloster mit schnellen Schritten. Erst als er schon fast mitten auf dem Kirchplatz angekommen ist, sieht er Nissim, dreht sich sofort um und will ins Kloster zurück. Aber zu spät, Nissim stürzt ihm entgegen, bleibt vor ihm stehen, am ganzen Leib zitternd, er kann nicht sprechen, befragt Arrigo nur mit den Augen.

Das auf dem Gesicht des Mönchs festgefrorene Lächeln verwandelt sich in ein böses Grinsen. «Eurem Sohn ist die göttliche Gnade zuteilgeworden. Damit müsst Ihr Euch abfinden.»

Jedes Wort ein Peitschenhieb. Nissim sinkt auf die Knie, seine Beine tragen ihn nicht mehr, er klammert sich an die Kutte des Mönchs. Der stößt ihn brutal zurück und geht weiter.

Der Schmerz und die Scham werden es Nissim unmöglich machen, das Judenviertel zu erreichen. Er wird vor dem Haus von Moisè zusammenbrechen, im Fieberwahn delirierend.

Die Nachricht von Samuels Verrat verbreitet sich blitzschnell. Im Judenviertel werden die Läden und Türen geschlossen, die Menschen verschwinden von der Straße wie bei einem unerwarteten Trauerfall. Die Wut folgt erst später.

Und eine Woche danach wird Nissim, von zwei Brüdern gestützt, auf dem Balkon seines Hauses erscheinen, und dort wird er, vor seinen Glaubensbrüdern im Judenviertel, Samuels Namen dreimal feierlich verfluchen.

Dass sein Name von dem verflucht wurde, der ihn gezeugt hat, erfährt Samuel von Frate Arrigo.

In gewisser Weise hat er es von dem Moment an vorausgesehen, als er das zweifache Zeichen in seinem Namen entdeckt und dessen Unausweichlichkeit erkannt hatte. Wie auch immer, es ist eine Verfluchung für begrenzte Zeit, denn nach seiner Taufe wird dieser Fluch auf seinen neuen Namen als Christ keinerlei Einfluss haben, ja, er wird ihn nicht einmal flüchtig streifen können.

Er bleibt sogar gelassen, als Frate Arrigo ihm mitteilt, dass er aus der Gemeinschaft verstoßen wurde und dass der Hass und die Verachtung, die alle für ihn empfinden, den einen oder anderen zu einer unbedachten Tat gegen seine Person verleiten könnten.

Ohnehin hat er beschlossen, das Kloster nicht mehr zu verlassen, sich darin einzuschließen. Wozu in die Stadt gehen? Wenn Hakmet nicht verhaftet worden wäre und nicht beschlossen hätte, lieber unter der Folter zu sterben, als Samuel zu verraten, nun, dann hätte er sicher einen Grund gehabt. Doch ohne seinen Hakmet ...

In manchen Nächten bleibt er lange wach, um sich bis in die kleinsten Einzelheiten an die Begegnungen mit dem Freund in der Grotte zu erinnern, dann kocht ihm das Blut, und sein Fleisch brennt, als läge er in den Flammen eines lodernden Feuers.

Sich hinter diesen Mauern abzusondern bedeutet außerdem, bei den Bewohnern des Judenviertels, die jetzt seine Feinde sind, nach und nach in Vergessenheit zu geraten, in ihren Erinnerungen zu verblassen, bis er zu einem Schatten wird.

Genau drei Monate nach seinem Eintritt ins Kloster wird er kurz vor der Stunde, zu der ein jeder sich in seine Zelle zurückzieht, von Frate Arrigo beiseitegenommen. Arrigo, der soeben von draußen zurückgekehrt ist, trägt nicht das übliche Lächeln im Gesicht, er ist sogar ernst, seine Stirn gerunzelt.

«Hör zu, Gott hat gewollt, dass ... nun ja, Samuel, dein Vater ist kurz vor Sonnenuntergang gestorben.»

Samuel schwankt, Frate Arrigo stützt ihn rechtzeitig.

«War er denn krank?»

«Ja, seit zwei Monaten. Aber ich wollte es dir nicht sagen, um dich nicht zu ängstigen.»

«Aber ich hätte doch ...»

«Was hättest du tun können? Was denn? Du hättest ihn sicher nicht im Judenviertel aufsuchen können!»

«Woran war er denn erkrankt?»

«Die Dummen sagen, er sei wegen dir an gebrochenem Herzen gestorben. Aber wenn du es wissen willst, erkundige ich mich.»

«Nein, nein, das ist nicht nötig.»

Er zieht sich in seine Zelle zurück. Doch tief in der Nacht steht er auf und geht mit seiner Bettdecke hinunter in die Kirche, wo nur eine einsame Kerze brennt. Er kniet nieder und spricht das Totengebet. Lange betet er auf christliche Art für seinen Vater. Dann geht er hinaus in den Kreuzgang, die Nacht ist bitterkalt, er umhüllt auch seinen Kopf mit der Decke und singt, den Mund dicht an der Mauer, damit niemand ihn hört, den Totengesang der Juden. Und diesmal weint er endlich.

Die Bibliothek des Klosters bietet, obgleich gut bestückt, recht wenig Nahrung für Samuels Wissbegierde. Auch die persönliche Bibliothek des Priors ist schon fast ausgeschöpft. Die mit seinem Vater gepflegte Gewohnheit stundenlanger konzentrierter Studien bis in die tiefe Nacht hat Samuel beibehalten, manchmal sitzt er bis kurz vor Tagesanbruch über den Büchern, dann bleibt ihm eine knappe Stunde Schlaf oder Halbschlaf bis zum morgendlichen Chorgebet. Mager, wie er ohnehin schon war, hätte er eigentlich kein Gramm Fleisch mehr verlieren können, doch er ist nur noch Haut und Knochen, und sein gehetzter Blick scheint jetzt fortwährend auf der Flucht zu sein.

Lang schon kann Frate Arrigo ihm nichts mehr beibringen, seinen Platz hat der Prior persönlich eingenommen, der von der ersten Begegnung an seinem Ruf als hochgelehrter Mann mit scharfem Verstand gerecht wurde.

Die Methode des Priors besteht darin, einen Gesprächsgegenstand zu bestimmen, der zu einem Disput führen kann, in dessen Verlauf Samuel die Triftigkeit des ausgewählten Lehrsatzes gegen die vom Prior vorgebrachten kritischen Argumente verteidigen muss. Bei anderen Gelegenheiten werden die Rollen getauscht.

Im Verlauf eines solchen Disputs mit vertauschten Rollen geschieht es, dass der Prior unter dem unaufhörlichen Druck von Samuels Einwänden zum ersten Mal in ernste Schwierigkeiten gerät, er stammelt, ist verwirrt und hat praktisch keine Argumente zu seiner Verteidigung mehr. Es handelt sich nur um eine Übung zwischen Dialektik und Rhetorik, doch den Prior bedrückt es schwer, dass er seine Niederlage eingestehen muss.

Das Thema dieser Begegnung war die Übertragung der Erbsünde und speziell die Widerlegung der von Tertullian und einigen Forschern der Patristik vorgebrachten These, die, ausgehend von der Tatsache, dass mit dem Samen des Menschen auch seine Seele weitergegeben wird, schlussfolgert, dass eine an sich bereits mit der Erbsünde infizierte Seele zwangsläufig wiederum infizierte Seelen hervorbringen muss. Zu Beginn hatte der Prior verboten, sich im Verlauf der Diskussion auf die Widerlegung des heiligen Thomas von Aquin zu berufen, dem zufolge die Erbsünde übertragen wird, weil alle von Adam abstammenden Menschen als ein einziger Mensch, also ein einziger Körper angesehen werden können.

Nachdem der Prior vergeblich nach möglichen Einwänden gesucht hat, will er sein Scheitern eingestehen, doch Samuel, der ihn schätzt, erspart ihm die Schmach.

«Tauschen wir die Rollen?», fragt er lächelnd.

Der Prior willigt in den Rollentausch ein. Und wieder sieht er sich, am heiklen, entscheidenden Punkt angekommen, von Samuel entwaffnet.

Fast erschrickt er, dieser Junge hat die außergewöhnliche Fähigkeit, einen Gedanken und sein genaues Gegenteil mit der gleichen Überzeugungskraft und ebenso glühend zu vertreten. Und so gelangt der Prior allmählich zu der Ansicht, dass Samuel sich nach der Bekehrung, die von seiner Taufe besiegelt wird, ganz in den Dienst der Kirche stellen und für sie kämpfen muss, indem er ihre Uniform trägt, also das Priestergelübde ablegt. Doch ihm ist auch bewusst, dass Samuel, falls er in Caltabellotta bleibt, sinnlos geopfert wäre wie ein Adler im Käfig, denn er besitzt die nötigen Talente, um vor ein großes Publikum und die anspruchsvollsten Zuhörer zu treten. Dieser Junge kann und muss hoch hinaus.

Mit leisem Bedauern schreibt er einen langen Brief an den Prior des Karmeliterklosters in Catania, seinen Freund, worin er ihm den wachen Geist und das Potential des blutjungen Konvertiten schildert und ihn bittet, Samuel bei sich aufzunehmen, um seine religiöse Schulung fortzusetzen.

Die positive Antwort aus Catania kommt unverzüglich. Erst dann offenbart der Prior Samuel in Gegenwart von Frate Arrigo, zu welcher Mission Gott ihn seiner Überzeugung nach bestimmt hat, und kündigt ihm den bevorstehenden Umzug nach Catania an.

Samuel aber zeigt sich sehr zögerlich.

«Was ist denn los?», fragt Frate Arrigo.

«Ich möchte meine Mutter nicht hier allein lassen ... Wenn sie mich mal braucht, könnte ich sie, ist der Sturm erst mal vorbei, zu mir nehmen ...»

Frate Arrigo unterbricht ihn barsch. «Was redest du da für einen Unsinn! Ich hab's dir nicht gesagt, weil ich es vergessen hatte, aber deine Mutter hat vor kurzem den Siminto geheiratet, einen Bruder deines Vaters, wie es jüdischer Brauch ist.»

Trotz der beruhigenden Nachricht bleibt Samuel widerstrebend. «Kann ich ein paar Tage drüber nachdenken?»

«Nun gut.» Der Prior gewährt ihm Bedenkzeit.

«Denk drüber nach, so lange du willst, aber vergiss nicht, dass du auf jeden Fall unser Widderkopf werden musst, unsere Lanze!», ruft Frate Arrigo mit Emphase aus.

Innerlich lächelt Samuel.

«Oh, gib mir deine Lanze!», stöhnte Hakmet.

In der Mitte des Kreuzgangs liegt ein Brunnen. Samuel setzt sich oft auf den Rand, denn von hier kann er den Hügel sehen, wo mitunter ein einsamer Bettler vorbeikommt, um sich ein paar Kräuter zum Essen zu pflücken.

Als er eines Morgens dort sitzt und nachdenkt, trifft ihn plötzlich etwas hart an der linken Schläfe. Er kann sich gerade noch erheben, dann fällt er ohnmächtig zu Boden.

Auf der Pritsche seiner Zelle liegend, wacht er auf. Sein Kopf unter dem Verband schmerzt stark.

Frate Arrigo steht an die Wand gelehnt. «Gott sei's gelobt!», ruft er erleichtert aus.

«Was ist passiert?», fragt Samuel.

«Man hat einen Stein auf dich geworfen.»

Die einzige Stelle, von der aus man ihn mit dem Stein treffen konnte, ist der Hügel, denkt Samuel. Doch er ist zu weit weg für einen Aufprall von so großer Wucht. Sie haben sicher eine Schleuder benutzt. Auf jeden Fall muss es ein geübter Werfer gewesen sein, der die Absicht hatte, ihn zu töten.

«Guck mal, was für ein Stein!», sagt Frate Arrigo und zeigt ihm den Stein.

Es ist ein großer, glattgeschliffener Flusskiesel. Ganz klar, sie wollten ihn umbringen.

«Mir tut der Kopf weh. Ich will schlafen», sagt Samuel.
«Ruf mich, wenn du etwas brauchst.» Der Frate geht hinaus.
In Wahrheit möchte Samuel allein sein. Er hat eine klare Unterschrift auf diesem Kieselstein erkannt. Wenigstens ist es so, als trüge der Stein eine. Die seines Altersgenossen Sabatino, im Judenviertel Davide genannt, wie der Jüngling, der dank seines geschickten Umgangs mit der Schleuder den Riesen Goliath tötete.

Der Prior möchte Capitano Panotto über den Vorfall informieren, den er für einen Anschlag auf Samuels Leben hält, ausgeführt von seinen ehemaligen Glaubensbrüdern. Doch Samuel will nicht, dass die Sache angezeigt wird, er behauptet steif und fest, ein Unbekannter, der mit der Schleuder auf die Jagd ging, habe ihn versehentlich getroffen, tatsächlich sei der Mann schon seit einiger Zeit auf dem Hügel gewesen, und er habe ihn beobachtet.

Er will sich auf andere Weise rächen.

Der Prior bleibt jedoch bei seiner Überzeugung, dass es sich um einen Versuch handelte, Samuel umzubringen, darum drängt er ihn abermals, keine Zeit mehr zu verlieren und nach Catania abzureisen. Diesmal willigt Samuel ein. Er zeigt es niemandem, aber er fürchtet selbst um sein Leben. Also bittet der Prior darum, vom Conte De Luna empfangen zu werden, und berichtet ihm von dem jungen Konvertiten, der sehr wertvoll für die Kirche werden könnte, und von seiner bevorstehenden Reise.

«Was genau wollt Ihr von mir?», fragt der Conte.

«Ich möchte, dass der Junge sicher reisen kann.»

«Ihr habt Glück. Morgen Nachmittag fährt mein Neffe Jachino mit einer meiner Kutschen und zwei meiner Männer als Geleit nach Catania. Ich werde ihnen sagen, dass sie die Vorhänge geschlossen halten sollen. Der Junge kann mit ihm fahren und wird nicht erkannt werden.»

Wegen Samuels Abreise ordnet der Prior einen ganzen Tag des Gebets an, alle sind zu Tränen gerührt, darum muss auch Samuel eine Rührung heucheln, die er nicht empfindet.

Samuel, der gehofft hatte, allein in der Kutsche reisen zu können, ändert schlagartig seine Meinung, als er sieht, dass Jachino, der Neffe des Conte, ein blonder fünfzehnjähriger Junge von engelsgleicher Schönheit ist, mit Lippen wie Kirschen und feingliedrig, fast wie ein Mädchen.

Das Halbdunkel, das wegen der zugezogenen Vorhänge im Innern der Kutsche herrscht, schafft zwischen den beiden eine Art spontaner Vertrautheit. Jachino erzählt, dass er der Sohn einer Schwester des Conte ist, die den Marchese Della Seta geheiratet hat, welcher gewöhnlich in seinem Palazzo in Catania weilt. Seine Eltern hätten ihn nur wenig, fast nichts studieren lassen, obwohl er sein Leben gern zwischen Büchern verbracht hätte.

Samuel bestärkt ihn nachdrücklich, und der Junge hängt an seinen Lippen.

Schon halten sie sich bei der Hand.

Und urplötzlich, fast wie durch höhere Gewalt, finden sie sich eng umschlungen wieder.

Die Nacht des Zwischenhalts werden sie als Gäste von Baron Ninfarosa in Xirbi verbringen.

In einem günstigen Moment besucht Samuel den jungen Jachino in seinem Zimmer. Und vor der Ankunft nimmt Jachino ihm das Versprechen ab, dass sie sich wiedersehen werden.

An der Tür des Klosters empfängt ihn der Prior persönlich, offensichtlich beeindruckt von dem, was ihm sein Ordensbruder in Caltabellotta geschrieben hat.

Und er geleitet Samuel auch persönlich in die Zelle, die ihm zugewiesen wurde.

In dem großen Kloster in Catania, das unter anderem eine ungeheure Bibliothek besitzt, ändert sich Samuels alltägliches Leben zu seiner großen Erleichterung von Grund auf. Er muss jetzt nicht mehr den ganzen Tag lang in erzwungener Klausur verbringen, denn in der Stadt erkennt ihn niemand, also genießt er viele Freiheiten, zum Beispiel kann er allein spazieren gehen und gelegentlich sogar zum Mittagessen im Palazzo der Della Seta bleiben, wo Jachino immer eine Möglichkeit findet, sich gemeinsam mit ihm zurückzuziehen.

Auch der Prior von Catania, weit weniger gebildet als der Prior von Caltabellotta, ist bald fasziniert von der komplexen Persönlichkeit des jungen Mannes, zieht es jedoch vor, dass die dialektischen Streitgespräche zwischen Samuel und Frate Ubaldo stattfinden, einem gutgerüsteten, gnadenlosen Mann um die dreißig.

Doch es kommt der Moment, da auch ein wackerer Kämpfer wie Frate Ubaldo genötigt ist, zum Zeichen seiner Niederlage die Arme zu heben, Samuels Argumente sind scharf und durchdringend wie eine gutgeschliffene Klinge, am Ende finden sie immer eine Schwachstelle in der Rüstung des Gegners.

Kurz, der Prior kommt zum Schluss, dass der Zeitpunkt gekommen ist, dieses anormale, schon viel zu lang währende Katechumenat zu beenden. Die Taufe war ohnehin nur ein Vorwand, freilich nicht um einen neuen Christen, sondern einen Soldaten Christi zu formen, der seinen Gegnern keine Ruhe lassen wird, eine lebende, denkende Kriegsmaschine. Darum legt er das Datum für den Ritus fest.

Drei Tage vor der Taufe lernt Samuel an der Tafel der Della Seta einen neuen Tischgenossen kennen, der von den Hausherren mit großem Respekt behandelt wird.

Es ist ein hochgewachsener, magerer Mann von knapp vierzig Jahren mit einem athletischen, muskulösen Körper, sein Gesichtsausdruck ist stolz, der Blick scharf und eindringlich. Und er ist ein brillanter Gesprächspartner. Conte Guglielmo Raimondo Moncada gehört zu einer der blaublütigsten und reichsten Familien von Girgenti und genießt den Ruf eines tapferen Kriegers. Er hat die Chiaromonte, die Herrscher über die Südküste Siziliens, auf dem Schlachtfeld geschlagen und ihren Platz eingenommen. Seit langem ist bekannt, dass er die De Luna entmachten, aus Caltabellotta vertreiben und diese ertragreiche Gegend in seinen Besitz bringen will.

Im Laufe des Mittagessens bezeugt er eine lebhafte Sympathie für Samuel, die vollauf erwidert wird. Samuel ahnt, dass ein so mächtiger Schutzherr für all das, was er vorhat, unverzichtbar sein könnte. Eine solche Gelegenheit darf er sich nicht entgehen lassen, sie wird sich nur schwerlich wieder ergeben.

Er nutzt den günstigen Moment nach beendetem Mittagessen, um den Conte zu fragen: «Werdet Ihr Euch noch länger in Catania aufhalten, Signore?»

Der Hausherr wirft ihm einen vorwurfsvollen Blick zu. Solche Fragen stellt man keinem Moncada, den man eben erst kennengelernt hat.

Doch Conte Raimondo lächelt Samuel an. «Ja.»

«In drei Tagen werde ich zum Christ getauft», sagt Samuel.

«Darf ich Euch in aller Demut um die Gnade bitten, mein Taufpate zu sein?»

Es ist Brauch, dass ein Adeliger oder eine hochstehende Persönlichkeit bei der Taufe eines bekehrten Juden den Taufpaten stellt. Der Täufling kann seinen eigenen Namen behalten oder den Familiennamen seines Taufpaten annehmen, was aber nur sehr selten geschieht.

«Im Verlauf des morgigen Tages werde ich dem Prior meine Antwort zukommen lassen», sagt Moncada.

Natürlich, bevor er Samuel diese Ehre erweist, will er sich über ihn informieren.

Die Kathedrale ist voller Menschen.

Nur mit einem Lendenschurz bekleidet, steht Samuel vor dem Hochaltar, neben ihm Conte Moncada, sein Taufpate.

Der Zelebrant haucht Samuel ins Gesicht, um den Teufel zu vertreiben, malt ihm das Kreuzzeichen auf die Stirn und die Brust, tut ein wenig Salz auf seine Lippen und führt ihn mit seinem Taufpaten zur Taufquelle. Hier fragt er den Täufling, während er ihm Brust und Schultern mit dem Öl der Katechumenen salbt, ob er Satan und seinen Versuchungen widersagt.

«Ich widersage», antworten Samuel und Moncada gemeinsam.

Nachdem Samuel sich mit dem Rücken zur Taufquelle gestellt hat, hilft der Conte ihm, sich zurückzubeugen, bis Nacken und Stirn im geweihten Wasser untertauchen. Dreimal wird die Ablution wiederholt, dabei spricht der Zelebrant die Worte: «Ego te baptizo in nomine patris …»

Dann lässt der Zelebrant Samuel mit einer langen weißen Tunika bekleiden, reicht ihm eine brennende Kerze und fragt den Taufpaten: «Welchen Namen wollt Ihr diesem neuen Christen geben?»

«Meinen», sagt der Conte.

Mit fester Stimme betont er jede einzelne Silbe: «Sein Name wird Guglielmo Raimondo Moncada sein.»

Das Lächeln des jungen Manns ist strahlend. Für die anderen mag es nur eine Taufe gewesen sein, wenn auch eine besonders feierliche, doch er hat sie erlebt wie eine österliche Auferstehung. Die Reste des Juden Samuel ben Nissim Abul Farag, dessen Name von seinem Erzeuger dreimal verflucht wurde, verwehen jetzt im Wind, den man hinter den Fenstern der Kathedrale pfeifen hört.

So fing die Geschichte an.

Irgendwann im Sommer 1980 besuchte ich meinen Freund, den Maler Arturo Carmassi, in seinem schönen großen Landhaus in der Toskana.

Bei dieser Gelegenheit schenkte mir Arturo unter anderem den Katalog einer Ausstellung seiner Werke im Jahr 1972, der sich mit einem Vorwort von Leonardo Sciascia schmücken konnte und darum meine Aufmerksamkeit weckte. Der Text, von dem ich noch nie gehört hatte, umfasste nur wenige Seiten und trug den Titel *Das bestialische Antlitz des Humanismus*. Ich entschuldigte mich bei meinen Freunden, zog mich zurück und las ihn sofort. Die Lektüre beeindruckte mich tief, ja, ich wage zu sagen, sie prägte mich, denn sie weckte eine lebhafte Neugierde, ein brennendes Verlangen, die Person, über die Sciascia schrieb, gründlich kennenzulernen, und beides, Neugierde wie Verlangen, sollten im Lauf der Jahre immer stärker werden.

Da ich nicht annehme, dass dieser Text von Sciascia allgemein bekannt ist, erlaube ich mir, den Anfang wiederzugeben, der mich besonders faszinierte.

Als ich im Mai 1969 die «galleria 32» betrat, erlebte ich plötzlich eine jener *Koinzidenzen*, die Zauberei oder Traum zu sein scheinen – à la Borges, damit wir uns recht verstehen. Es handelte sich im Wesentlichen um ein Phänomen der Spiegelung: als würden sich zwei äußerlich völlig verschiedene, zeitlich und räumlich weit voneinander entfernte Dinge, Zeit und Raum umgehend, an einem bestimmten Punkt – durch eine

Art psychischer oder geistiger Vermittlung – materialisieren, miteinander verwirklichen, ineinander spiegeln, einander wiedererkennen und austauschen.

Ich verfolgte damals einen Schatten: einen Menschen mit einer komplizierten, flüchtigen und wechselnden Identität, eine geheimnisvolle, unergründliche Person. Ein sizilianischer Jude aus dem 15. Jahrhundert (geboren in jenem Girgenti, das dann zu Pirandellos Girgenti wurde), der als junger Erwachsener konvertiert und sich christlich taufen lässt. Er nimmt den Namen seines Taufpaten an, des Conte Guglielmo Raimondo Moncada, und lässt sich mit diesem Namen zum katholischen Priester weihen, er erhält von der Kirche Güter, die seinen ehemaligen Glaubensbrüdern geraubt wurden, behält und verteidigt sie gegen deren Ansprüche; geht dann als berühmter Prediger und Experte für klassische Sprachen nach Rom, verliert, als er eine *schwere Verfehlung* begeht, seinen geistlichen Stand und seine Besitztümer, verschwindet, taucht unter dem Namen Flavio Mitridate wieder auf und wird der Lehrer, der Pico della Mirandola in den Sprachen und der Zahlenmystik des Ostens unterwies. Die sizilianischen Historiker, die sich mit ihm beschäftigt haben, verlassen ihn in dem Moment, da die römische Kurie ihm seine Güter aberkennt; die Fachleute für Pico della Mirandola finden ihn als Flavio Mitridate wieder. Das Bindeglied zwischen diesen beiden Identitäten ist ein gewisser Guglielmo di Sicilia, der in zeitgenössischen Chroniken als Jude von Geburt und profunder Kenner der jüdischen Religion bezeichnet wird: «Und hat viele Geheimnisse der Juden enthüllt, die wir bis dahin nicht kannten, außerdem bewiesen, dass sie nicht aus Blindheit und Unwissenheit in ihren Irrtümern verharren, sondern aufgrund einer eingefleischten Starrköpfigkeit» (ein solcher Satz bedeutete, Brennholz auf die Scheiterhaufen der Inquisition zu schichten). Doch was geschah mit Guglielmo di Sicilia, alias Guglielmo Raimondo Moncada, alias Giuda Samuel ben Nissim Abul Farag, dass er die mit so grimmigem Eifer eroberten Privilegien verliert und zu Flavio Mitridate wird? Vermutlich beging er einen Mord, sagt sein sorgfältigster Biograph François Secret.

Verräter an seinem Volk, Verfälscher der religiösen Lehre (sagt Levi della Vida) und sogar Mörder. Damit nicht genug: ein Wort, *naar*, bleibt in seiner Beziehung zu Pico ungeklärt und umstritten; und ein zweites Wort, *Lanze*, eine damals oft gebrauchte erotische Metapher, macht die Vermutung einer zweideutigen, undurchsichtigen Beziehung noch plausibler.

All das, was mich an Sciascias Vorwort beeindruckt hat, habe ich hier wortwörtlich wiedergegeben.

Sciascia gab damals nicht auf, er hat diesen Schatten noch lange verfolgt, tatsächlich veröffentlichte er im Dezember 1986, also gut vierzehn Jahre nach jenem Vorwort zum Ausstellungskatalog von Carmassi, in dem Band *Delle cose di Sicilia*, einer der sehr lesenswerten Anthologien, die er für Elvira Sellerios Verlagshaus in Palermo betreute, die einzigen damals bekannten Versuche, eine Biographie dieses konvertierten Juden zu verfassen, nämlich die von Raffaele Starrabba und die des Franzosen François Secret.

Starrabba stößt, während er Forschungen über die Juden in Sizilien betreibt, zufällig auf den Namen Guglielmo Raimondo Moncada, der in einem Brief des Königs von 1475 als ausgezeichneter Kenner klassischer Sprachen erwähnt wird, und meint, in ihm den bekannten Vertreter eines mächtigen sizilianischen Adelsgeschlechts zu erkennen, aus dem sogar ein ungeliebter Vizekönig Siziliens hervorging. Der Mann ist Guglielmo Raimondo

Moncada VI., Conte von Aderno, außerdem ab 1454 Großjustiziar von Sizilien. Doch kurz darauf entdeckt Starrabba, dass es sich um einen Namensvetter handelt, oder besser gesagt, um einen Neophyten, wie die bekehrten Juden damals genannt wurden, der den Vor- und Nachnamen seines Taufpaten angenommen hatte.

Sein Interesse an dieser Person ist geweckt, er beginnt mit komplizierten Recherchen in den Archiven. Und verirrt sich immer tiefer in einem wahren Labyrinth, aus dem er keinen Ausweg mehr finden wird. Er bekennt: «... ich wurde gepackt von dem Wunsch, Klarheit über sein wahres Gesicht zu erhalten ... Dieser Guglielmo Raimondo Moncada stellte sich mir nämlich als ein außergewöhnlicher Mann dar ...»

Kurzum, eine so faszinierende Gestalt, dass man den Blick nicht mehr von ihr abwenden kann, wenn man ihr einmal zufällig begegnet.

Doch irgendwann im Lauf seiner hartnäckigen Nachforschungen erkennt Starrabba, obwohl er über sichere Quellen aus den verschiedensten Archiven, über zeitgenössische Dokumente, Briefe und Informationen verfügt, lange vor Sciascia, dass er noch immer einen Schatten verfolgt. Ab einer bestimmten Stelle in seiner biographischen Schrift überwiegen die Vielleicht, die Wenn, die Vermutungen, Hypothesen und Zweifel.

Auch in der Forschungsarbeit von François Secret über den Zeitabschnitt, den Mitridate mit Pico verbringt, scheint das Leben des konvertierten Juden aus schwarzen Flecken zu bestehen wie ein Leopardenfell. Jahren öffentlichen Wirkens, über die man alles oder fast alles weiß, stehen Jahre des Schweigens und der Abwesenheit gegenüber, dunkel, unerforschlich. Der Konvertit selbst hat dafür gesorgt, denke ich, dass von diesen geheimen Jahren keine einzige Spur bleibt. Und tatsächlich konnten diese

Lücken während einer internationalen Fachtagung über Moncada (und seine vielfältigen Reinkarnationen), die im Oktober 2004 in Caltabellotta stattfand, nur zum geringsten Teil gefüllt werden.

Auf der Tagung zog man es nämlich vor, das, was wir über Moncada schon wissen, nur mit einer Fülle neuer Daten zu vertiefen, statt sich in den Treibsand der dunklen Seite des Mondes vorzuwagen.

Der Leser wird schon begriffen haben, dass auch ich in diesem Netz gefangen wurde, auch ich verfolge, und das seit langer Zeit, einen Schatten, trete in Fußspuren auf trockenem Sand, die beim nächsten Windstoß zerstäuben können. Auch ich wurde, ohne es zu wollen, angesteckt und zur Verfolgung gedrängt, obwohl mir bewusst ist, dass am Ende die unvermeidliche Niederlage wartet. Erinnert ihr euch an Saba?

>
> Der Hund,
> weiß auf weißem Kies,
> verfolgt unruhig
> einen Schatten,
> den schwarzen
> Schatten eines Schmetterlings,
> der gelb über ihm
> kreist.
> Nicht ahnend
> der Gefahr, zum Hohn
> mag es scheinen,
> umfliegt er ihn.
> Nichtsahnend
> oder schlau setzt er sich auf

den Hund, der schüttelt
ihn ab
und wendet sich
gierig zum flüchtigen Schatten,
der fortfliegt
vom Kies ...

Ich bin im Grunde einer, der Geschichten erfindet und erzählt, ein Geschichtenerzähler eben, oder, wenn euch das lieber ist, ein Romanautor.

Darum habe ich mir sofort gesagt, dass ich dem wahren Wesen dieses Mannes keinen Schritt näher komme, wenn ich denselben Weg historischer Recherche einschlage wie jene viel fachkundigeren Menschen, die mir vorausgegangen waren.

Ihre mit Kenntnissen ausgerüsteten Augen hatten alles gelesen, was es in den alten Papieren zu lesen gab, mit Sicherheit wäre ich nicht derjenige gewesen, der dort das entscheidende, erhellende Wort entdeckt, das sie übersehen oder nicht gebührend berücksichtigt hatten.

Außerdem kam ich allmählich zu der Überzeugung, dass selbst neue Zeugnisse nicht das kleinste Licht in die Dunkelheit gebracht hätten. Höchstens hätten sie einige Details seiner bereits bekannten, konkreten Handlungen klären können, nicht aber deren tiefere, verborgene Beweggründe offenbaren. Letztere werden, vor allem wenn sie unrühmlich oder gar niederträchtig sind, gewöhnlich nicht Schwarz auf Weiß niedergeschrieben, verba volant scripta manent, es sei denn, es handelt sich um ein Geständnis für zukünftiges Angedenken. Doch sogar Geständnisse auf dem Totenbett sind häufig verlogen, denn wenn sogar Neugeborene lügen, wie Kinderärzte sagen, ist die Lüge dem Menschen eigentümlich.

Mir blieb also kein anderes Mittel der Verfolgung und Suche übrig als mein Beruf.

Was bedeutete, dem Geheimnis einer so komplexen und ungreifbaren Persönlichkeit mit dem Instrumentarium der Erzählung zu begegnen.

Als hätte er nicht wirklich existiert, sondern wäre eine ganz und gar von mir hervorgebrachte Erfindung.

Und kommt Erfindung, lateinisch inventio, nicht vom Verb invenire, was wiederentdecken, wiederfinden bedeutet?

Ich weiß nicht, ob es anderen Romanautoren auch so geht, aber mir passiert es oft, dass eine meiner Figuren, die anfangs nur andeutungsweise, mit unsicheren, blassen Zügen skizziert war, im Lauf des Schreibprozesses, ich würde sogar sagen, dank seiner, ein immer schärferes Profil bekommt, als hätte sie selbst es mir eingegeben, und während sie weiter an Konsistenz gewinnt, werden mir die tieferen Gründe einiger ihrer Handlungsweisen klarer.

Verglichen mit der Arbeit eines Historikers kann die meine natürlich der Willkür bezichtigt werden, allerdings nicht der Unglaubwürdigkeit. Sie mag nicht wahr sein, doch sie ist wahrscheinlich. Wie auch immer sie aussieht, ein Historiker könnte mir natürlich stets eine «Fälschung» vorhalten.

In diesem Fall würde ich mir maßgebliche Hilfe bei Calvino holen, der schreibt, dass die Literatur ihre Kraft und ihre Wahrheit in der Mystifikation findet, deshalb sei «eine Fälschung als Mystifikation einer Mystifikation so viel wie eine Wahrheit in der zweiten Potenz.»

Aber ich habe mir zwei Vorgaben auferlegt, von denen ich nicht abweichen darf.

Die erste ist, keinen historischen Roman zu schreiben, das heißt, eine Erzählung, bei der das Leben der Hauptfiguren mit einem üppigen Rahmen aus Sitten und Gebräuchen, Ritualen und Gewohnheiten bis hin zur Mode, Küche und den Freizeitvergnügungen, kurz, mit dem Alltagsleben jener Epoche umgeben wird, um das Wahrscheinliche dem Wahren anzunähern.

Die zweite ist, alles auf eine einzige Figur zu setzen, während ich die anderen als Hintergrund agieren lasse. Denn ich will dieser Figur bei meinem Versuch, die wichtigsten Beweggründe ihrer verwirrenden Metamorphosen zu verstehen und zu erzählen, ohne Abschweifungen folgen können.

Dies um den Preis, etwas zu schreiben, was letzten Endes vielleicht nicht einmal als Roman bezeichnet werden kann.

Es wäre mir eine große Hilfe gewesen, sein Gesicht betrachten zu können, da bin ich sicher. Sciascia schreibt, es gebe in einer Handschrift, die in der Vatikanischen Bibliothek aufbewahrt wird, ein VERMUTLICHES Porträt von Flavio Mitridate, das einen «fetten, sinnlichen, heuchlerischen und spöttischen» Mann zeigt. In diesem Gesicht erblickt Sciascia im Gegensatz zur «gedankenvollen Schönheit» von Pico della Mirandola, seiner «Jugend, die den Göttern teuer war», das bestialische Antlitz des Humanismus.

Zu viel der Ehre, möchte man fast sagen. Ich bin jedoch fest davon überzeugt, dass Samuel-Guglielmo-Flavio sorgfältig vermieden hat, sich porträtieren zu lassen. Ein Bildnis hätte seinem Leben eine Vergangenheit und eine Gegenwart verliehen, doch dieses Leben musste unter dem Zeichen fortwährender Verwandlung ohne jedes Vorher stehen.

Erfuhr Pico je, wer Flavio Mitridate früher gewesen war? Ich glaube nicht, denn auch wenn er in Briefen an Marsilio Ficino und anderen über Flavios Launen klagt, macht er nie die geringste Anspielung auf die Vergangenheit seines Kabbala-Lehrers.

Der Name, sogar die Persönlichkeit, kann sich ändern. Das Gesicht nicht, wenigstens damals nicht, es ist das Signum identificationis jedes einzelnen Lebens. Samuel-Guglielmo-Flavio weiß, dass er dazu verdammt ist, kein wirkliches Gesicht zu haben.

Man stelle sich so viele vor, wie man will.

2 Guglielmo Raimondo Moncada

Eins

Der Prior steht wie versteinert da. Fast hat er seinen Ohren nicht getraut, als er die unerwarteten, von Guglielmo mit fester Stimme vorgetragenen Worte hörte. Dann gibt er sich einen Ruck, und seine Reaktion ist heftig. Verblüffung, Bestürzung und eine jäh aufsteigende Wut, die er kaum bezwingen kann, lassen ihn immer wieder ins Lateinische fallen, als wollte er seinen Sätzen feierlichen Nachdruck verleihen.

«Gemäß unserem Vertrag, jawohl, ex pacto et conventu, steht fest, dass du post baptisma unverzüglich zum Priester geweiht wirst. Sacerdotus factus esses! Dann könntest du der tapferste Soldat sein, strenuissimus milites intra nostros. Ita factum erit! So wird es geschehen! Numquam postea, nein, nie und nimmer werde ich diesen Schritt aufschieben!»

Guglielmo kennt ihn mittlerweile gut, insistieren, bitten, flehen ist nur Zeitverschwendung. Er dreht ihm den Rücken zu und geht in seine Zelle. Nein, er ist durchaus nicht verstört. Dass sein Wunsch so entschieden, so vehement abgelehnt werden würde, war nur allzu klar vorherzusehen, darum weiß er bereits, was er tun muss, um das Hindernis ohne große Mühe aus dem Weg zu räumen.

Er spricht mit seinem Geliebten Jachino darüber, und der bedrängt sofort seinen Vater, er möge Conte Moncada im Auftrag von Guglielmo bitten, sein Patenkind zu empfangen. Zwei Tage später wird die Audienz gewährt. Guglielmos Wunsch entsprechend, ist kein anderer bei dem Gespräch zugegen.

«Warum willst du nicht mehr Priester werden?», fragt Moncada mit einem zufriedenen Lächeln.

Jeder weiß, dass der kampferprobte Conte, strenuissimus miles et in rebus militaribus probatissimus, den Männern der Kirche keine besondere Sympathie entgegenbringt, er hält sie allesamt für Wölfe im Schafspelz.

«Ihr wurdet falsch unterrichtet, Eccellenza. Ich werde die Gelübde ablegen, doch erst nachdem ich in Neapel war.»

«Was willst du dort tun?»

«An der Akademie Medizin studieren. Aber ich kann Euch versichern, dass ich niemals Arzt werde.»

Die von Friedrich II. gegründete Akademie in Neapel genießt hohes Ansehen bei den Anjou, die immer wieder sehr berühmte Personen in den Lehrkörper berufen.

«Aber wenn du die medizinische Kunst nicht ausüben willst, was ...»

Guglielmo lässt ihn nicht ausreden. Er hat sich gründlich auf diese Begegnung vorbereitet, er weiß, welche Worte seinem Taufpaten gefallen. «Ich möchte dort studieren, weil ich glaube, dass es ebenso wichtig ist, den Körper des Menschen zu kennen, wie seine Seele.»

Die Antwort lässt den Conte verstummen. Was kann er ihm erwidern? Mit welchen Argumenten? Dieser junge Mann weiß genau, was er will.

«Gut. Ich werde dafür sorgen, dass der Prior sich dir nicht in den Weg stellt. Warte auf meine Anweisungen.»

Guglielmo kehrt ins Kloster zurück. Er hat seinem Taufpaten nur die Hälfte von dem erzählt, was er wirklich will.

Zur verschwiegenen Hälfte gehört die Erkenntnis, dass er in seinem noch kurzen Leben bis jetzt nichts anderes kennengelernt hat als Juden, Priester, Mönche und den einen oder anderen Adeligen.

Mithin einen winzigen, unerheblichen Teil der Menschheit,

gerade mal einen Wassertropfen im Meer, den er überdies aus zwei extremen und ganz gegensätzlichen Blickwinkeln erlebt hat, erst als verfolgter Jude, dann als privilegierter Konvertit.

Doch die Menschheit ist ein gewaltiger Ameisenhaufen, und wenn man sie wirklich kennenlernen will, muss man sich in eine Ameise verwandeln und mittendrin leben.

Er will nach Neapel, weit weg von den Blicken aller, die ihn kennen, um sich ohne Kontrollen und Beschränkungen in vollkommener Freiheit dem Wissen und der Dummheit, dem Reichtum und der Armut, der Völlerei und dem Hunger, dem Vertrauen und dem Betrug, der Vernunft und dem Instinkt, dem Gebet und der Gotteslästerung, dem Glück und der Verzweiflung auszusetzen. Doch vor allem will er in dunkle, verborgene Abgründe vordringen, wo Rohheit, Grausamkeit, Niedertracht, Schande und Verworfenheit die gültige Währung sind. Und sich dadurch, dass er diese Laster täglich in sich aufnimmt, wie König Mithridates immun machen gegen das Gift von Gefühlen wie Mitleid und Liebe, die den Menschen schwächen.

Sein Pate und Beschützer verspricht, seinen Einfluss geltend zu machen, damit der Wunsch des Patensohns sich erfüllt. Das Ergebnis ist, dass außer ihm selbst und den Della Seta auch die Universitäten von Girgenti, Marsala und Palermo zu Guglielmos Unterhalt während seiner Studienzeit beitragen werden.

Das Herz Siziliens schenkt ihm sein Vertrauen.

Für die Reise bekommt er von Moncada ein Pferd, das ihm auf seinen Wegen durch Neapel nützlich sein wird.

Außerdem hat Moncada ihm eine kleine Summe vorgestreckt, bis die von den Universitäten versprochenen Gelder eintreffen. Wenn er ein paar Opfer bringt, kann er damit zwei Monate überleben. Es ist allgemein bekannt, dass die kriegerische Tapferkeit des Conte Moncada sich umgekehrt proportional zu seiner Freigebigkeit verhält.

Teils um zu sparen, teils um sofort Kontakt mit jener Welt aufzunehmen, die kennenzulernen er sich vorgenommen hat, mietet Guglielmo zwei Zimmer in einem sehr armen und übelbeleumdeten Viertel. Die Wirtin, die im Stockwerk über ihm wohnt, ist eine ekelhaft fette Megäre mit Namen Donna Matelda. Die Adresse hat ihm einer der Matrosen auf dem Segelschiff gegeben, das ihn von Messina nach Neapel gebracht hat.

«Dort werdet Ihr Euch bestimmt wohl fühlen. Bei Donna Matelda gibt's Frauen im Überfluss.»

Der Matrose ahnt nichts von den besonderen Gelüsten dieses mageren, vergeistigten Zwanzigjährigen.

Aber er hatte recht, das Haus von Donna Matelda ist ein Sammelplatz von Huren jeden Alters für jeden Geldbeutel.

Die ersten Tage verbringt Guglielmo mit Streifzügen durch die Stadt, zu Fuß, vom Morgengrauen bis zum Sonnenuntergang. Das Pferd hat er in einem Stall gelassen, wie berauscht legt er es darauf an, sich in dunklen, gewundenen, von üblen Gerüchen, Stimmen, Klagelauten und Gesängen erfüllten Gassen zu verirren, um an der nächsten Ecke unversehens im strahlenden Blau des Meeres zu ertrinken. Die Neapolitaner sind neugierig, oft wird er von den Einwohnern, die ihn sofort als Fremden erkennen, gefragt, woher er kommt, was er tut. Leugnen, dass er Sizilianer ist, kann er nicht, seine Aussprache verrät ihn, aber er macht sich einen Spaß daraus, jedes Mal eine andere Antwort auf die Frage nach seinem Gewerbe zu geben. So stellt er sich mal als Matrose, mal als Händler, als Diener eines Adeligen, Tischler oder Student vor.

In der Akademie wird er ohne Eile vorstellig, erst über eine

Woche nach seiner Ankunft legt er die Empfehlungsschreiben vor, die ihm die drei sizilianischen Universitäten ausgestellt haben, und bittet darum, hauptsächlich die Vorlesungen in Anatomie hören zu dürfen. Doch bald schon erweist er sich als schlechter Student, er ist zerstreut und zeigt wenig Eifer.

Aufmerksam und eifrig folgt er dagegen dem Unterricht im Leben, den die Stadt ihm vor allem nach Sonnenuntergang erteilt. Dann quillt ein brodelnder menschlicher Abschaum wie Eiter aus einer infizierten Wunde aus den elenden Behausungen, die wie finstere Schlupflöcher sind, um sich in die Straßen zu ergießen. Es bereitet ihm eine fast fleischliche Erregung, sich von diesem Abschaum wie von einer Meereswelle mitreißen zu lassen.

Guglielmo spürt, dass er nicht nur jeden Tag mehr zum Mann reift, sondern auch wie eine Klinge im Feuer gehärtet wird. Er hat Menschen durch den Dolch oder den Hunger sterben sehen, vom Todeskampf anderer hat er die Augen abgewandt, er hat beobachtet, wie Frauen nicht nur ihren eigenen Körper in der Öffentlichkeit feilboten, sondern auch den einer Tochter oder eines Sohnes, er selbst hat sich einen weinenden achtjährigen Jungen für eine Stunde Lust gekauft, er hat einer Schwangeren geholfen, einen toten Fötus zu gebären, er hat sich einer Gruppe junger Männer angeschlossen, die einen Alten blutig schlugen, er ist nicht eingeschritten, als ein junges Mädchen von vier gierigen Unholden vergewaltigt wurde, er hat einem Taschendieb zur Flucht verholfen ...

Sein zweiter Monat in Neapel neigt sich dem Ende zu, als ihm in der Akademie ein Brief seines Paten ausgehändigt wird. Er hat sich nämlich gehütet, Moncada mitzuteilen, wo er wohnt. In dem Schreiben gibt der Conte ihm zu verstehen, dass sich die drei Universitäten in Sizilien aufgrund des starken Drucks der Kirche gezwungen sahen, die für seinen Unterhalt bestimmten Zuwendungen zu streichen. Folglich mussten auch er selbst und die Della Seta pro bono pacis feierlich versprechen, sich der Entscheidung der Universitäten anzuschließen. Zuletzt fordert der Conte ihn auf, zu seinem eigenen Wohl immediate et stante pede nach Sizilien zurückzukehren und sich zum Priester weihen zu lassen. Wie er es seinem Taufpaten notabene ja auch versprochen habe.

Guglielmo aber beschließt, nicht zu gehorchen und wenigstens noch ein paar Monate zu bleiben. Er muss sich noch länger mit Leben vollsaugen.

Um an Geld zu kommen, verkauft er erst sein Pferd, dann schließt er sich Pasqualino Gàveta an, der als vorgetäuschter Blinder täglich auf Betteltour geht. Bekleidet mit zerrissenen Lumpen, die ihm sein Freund zur Verfügung gestellt hat, bildet er als Lahmer, an beiden Beinen verkrüppelt, mit ihm ein Paar. Die Leute, die sehen, wie er neben dem Blinden hergeht, wenn man seine komischen Verrenkungen und Drehungen so nennen kann, werden im ersten Moment von einem unbezähmbaren Lachanfall geschüttelt, dann packt sie das Mitleid. Diese Mischung hat Guglielmo eiskalt kalkuliert, und tatsächlich führt sie dazu, dass sich die Almosen verdoppeln.

Dann findet er eines Tages am Boden der Kiste, die er aus Sizilien mitgenommen hat, ein altes Rezeptbuch aus der Klosterbibliothek in Catania.

Er hatte es sich heimlich eingesteckt, es ist der *Thesaurus Pauperum* von Maestro Rinaldo da Villanova, darin allerlei Heilmittel zur Linderung von Kopfweh, Zahnfäule und schwarzer Galle, überhaupt eines jeglichen Gebresten des Menschen vom unteren Leib bis zu den Nieren beschrieben werden, item wie man den Tremor der Hände besänftige oder was zu tun sei, wann einer das Gedächtnis verloren hat. Außerdem, als Consilium noch nutzbringender, wie man die Haare der Weibsbilder blond färbt, Brüste und Hinterbacken strafft, wie die Fruchtbarkeit des Leibes verhütet werden kann und wie man die gesamte Gestalt wohlgefällig macht.

Eine wahre Goldgrube. Er wird einen Laden als Kräutermann eröffnen, wie der von Salvatore Indelicato in Caltabellotta.

Er braucht nicht lange, um Donna Matelda zu überreden, als Teilhaberin ins Geschäft einzusteigen. Flugs wirft sie eine Hure aus einem Kellerloch mit Eingang zur Straße, das ihr gehört, und richtet es als Laden ein.

Eine Woche lang wird Guglielmo mit einem Sack auf dem Rücken in den Wiesen an den Abhängen des Vesuvs Kräuter sammeln. Die Huren, die Donna Matelda mehr oder weniger direkt für sich arbeiten lässt, werden die ersten Kundinnen sein und alsbald begeistert für ihre Produkte werben. Binnen kurzem wird sich der Ruf von Guglielmo il Siciliano, wie ihn mittlerweile alle nennen, in den benachbarten Vierteln verbreiten.

Eines Abends, er hat gerade den Laden verriegelt, beschließt er, einen Spaziergang zu machen, ohne zuvor in seine Wohnung hinaufzusteigen, um die prallgefüllte Geldtasche vorsichtshalber dort zu verstauen. Als er durch eine dunkle, enge Gasse geht, spürt er, wie ihm von hinten ein kräftiger Stoß versetzt wird, und muss sich an der Hausmauer abstützen, um nicht zu fallen. Im selben Moment flitzt ein Junge, den er nicht einmal hat kommen hören, an ihm vorbei und sucht rennend das Weite. Guglielmo muss nicht an seinen Gürtel fassen, um zu wissen, dass der Junge ihm die Tasche gestohlen hat, und setzt zur Verfolgung an. Kraft und Schnelligkeit verleiht ihm weniger der Verlust des Geldes als der Ingrimm darüber, dass er sich wie ein unerfahrenes Kind hat überrumpeln lassen. Schon spürt der junge Dieb den Atem seines Verfolgers im Nacken, er schlüpft in einen Hauseingang, kann aber nicht über die Treppe flüchten, denn Guglielmo hat ihn eingeholt und ihm einen Schulterstoß versetzt, der ihn bäuchlings auf die Stufen fallen ließ. Jetzt liegt Guglielmo mit seinem ganzen Gewicht auf ihm. Sie sprechen nicht, keuchen nur.

So verharren sie eine Weile. Guglielmo lebt schon zu lange keusch. Dann kann der junge Dieb einen Arm heben und bewegt ihn sehr langsam, eine Geste völliger Unterwerfung, führt die Hand hinter Guglielmos Nacken und drückt seinen Kopf kraftvoll nach unten, bis Guglielmos Mund seinen Hals berührt.

Er heißt Afonzo. Er wird im Laden der Laufbursche werden, der Kräutersammler und Guglielmos Geliebter, bis dieser beschließt, dass die Zeit gekommen ist, nach Sizilien zurückzukehren. Und zwar dann, wenn er weiß, dass seine Krallen scharf genug geschliffen sind.

Im darauffolgenden Jahr empfängt er in Catania die vier niederen Weihen, also das Ostiariat, das Lektorat, das Exorzistat und das Akolythat. Der Prior möchte, dass er wenigstens auch das Subdiakonat empfängt, doch Guglielmo widersetzt sich. Er hat sich den Priestertitel verdient, das genügt vollauf.

Jetzt hat er keine Zeit mehr zu verlieren, während seines Aufenthalts in Neapel hat er einen genauen Plan geschmiedet und brennt darauf, ihn in die Tat umzusetzen. Von seinem Vorhaben verspricht er sich nicht nur Ehrungen und Anerkennungen, sondern vor allem üppige Pfründe.

Er verlässt Catania und zieht nach Girgenti. Eine Kirche ist ihm nicht zugeteilt worden, ohnehin will er keine, das in Neapel verdiente Geld reicht ihm völlig. Er bittet darum, an drei aufeinanderfolgenden Sonntagen von der Kanzel der Kathedrale sprechen zu dürfen, und dank der Prioren von Caltabellotta und Catania, die sich für ihn einsetzen, wird ihm die Bitte gewährt. Das Thema seiner Predigten soll der schädliche Einfluss der jüdischen Geisteshaltung im Alltagsleben der Christen sein.

Er hofft, ein Feuer zu entzünden, das sich nach einiger Zeit zu einem Flächenbrand auswachsen kann. Das Ergebnis wird seine kühnsten Hoffnungen übertreffen.

Sein erster Auftritt zieht nicht mehr Leute an als gewöhnlich, doch das Gerücht von der außerordentlichen Redekunst des jungen Priesters muss sich verbreitet haben, denn am nächsten Sonntag ist die Kathedrale brechend voll. Am Ende der dritten und letzten Predigt geschieht das Unerwartete. Von Guglielmos feurigen Worten heftig erregt, stürzen etwa fünfzig Männer, bewaffnet mit Schaufeln und Stöcken, zum Judenviertel von Girgenti, wo sie unter dem Schutz der Wachleute und Regierungsbeamten ein Blutbad anrichten. Acht Tote, darunter eine Frau und zwei Kinder.

Zwei Tage später, Guglielmo kostet noch seinen Triumph aus, ihm ist unter anderem eine Wohnung in der bischöflichen Residenz zur Verfügung gestellt worden, kommt ein Bote aus Caltabellotta. Conte Guglielmo Raimondo Moncada, der die De Luna unterdessen entmachten konnte und zum Herrscher über die Stadt geworden ist, und der Prior des Karmeliterklosters laden ihn ein, am nächsten Sonntag in der Kirche seines Heimatortes zu predigen.

Bei der Übergabe der Botschaft ist auch der Bischof zugegen, der Guglielmo beiseiteziehen. «Eure Familie lebt noch dort?»

Er gibt Guglielmo zu verstehen, dass er dies als einen vernünftigen Grund ansehen würde, um die Einladung auszuschlagen.

«Ich glaube, ja.»

«Nun, wenn Ihr meint, dass ...»

«Aber ich habe keinen Vater mehr, keine Mutter und auch keine Geschwister», erwidert Guglielmo schroff. «Meine Familie ist die Gemeinschaft in Christo!» Und dann, an den Boten gewandt: «Sagt dem Signor Conte und dem Prior, dass ich mich durch die Einladung geehrt fühle und sie gerne annehme.»

Nach der Predigt, bei der praktisch alle Bürger von Caltabellotta zugegen sind, geschieht das Gleiche wie in Girgenti. Allerdings hat Conte Moncada, weil er voraussah, was kommen würde, das Judenviertel räumen lassen und dessen Bewohner in das der Nachbarstadt Sciacca umgesiedelt. Das tat er nicht, um die Juden zu schützen, sondern aus Rücksicht auf Guglielmo. Ein Muttermord bleibt, recht bedacht, ein Muttermord, auch wenn er indirekt verursacht wird, und könnte einen kleinen Schatten auf den Glanz dieses aufgehenden Sterns werfen. Die Fanatiker, die trotzdem das Judenviertel stürmen, um die verlassenen Häuser niederzubrennen, müssen sich damit begnügen, zwei alten, nicht transportfähigen Männern die Kehle durchzuschneiden.

Wenige Tage später wird Guglielmo nach Catania zurückgerufen, um einen öffentlichen Disput mit dem örtlichen Rabbiner zu führen. Er willigt ein, aber er fühlt sich nicht besonders sicher. Der Rabbiner Elia Mantovano ist für seine äußerst scharfsinnigen Beweisführungen und wirkmächtigen Reden bekannt. Ein leichterer Gegner wäre ihm bei seiner ersten Prüfung lieber gewesen.

Kurz bevor das Streitgespräch beginnt, kniet Guglielmo nieder, als sammle er sich coram populo im Gebet. In Wahrheit denkt er darüber nach, dass er angesichts dieser großen Menschenmenge noch am selben Tag steinreich werden könnte, wenn er nach dem Disput eine Kollekte abhalten würde.

Die Disputation dauert drei Stunden, doch allein wegen der außergewöhnlichen dialektischen Fähigkeiten des Rabbiners, denn in Wirklichkeit hat er die Partie schon nach der ersten Stunde verloren.

Während Guglielmo nach und nach die Barrikaden seines Gegners einreißt, ist er höchst unzufrieden mit sich.

Eigentlich hätte er den Rabbiner, sofort nachdem er sein Angriffs- und Verteidigungssystem durchschaut hatte, innerhalb kurzer Zeit zur Kapitulation zwingen müssen. Stattdessen zieht sich der Disput über die Maßen in die Länge, ohne dass es ihm gelingt, sämtliche Argumente, die ihm einfallen, auf einen einzigen Punkt zu lenken.

Es ist, als wäre sein Gehirn eine Quadriga, deren vier Pferde jedes in einem anderen Schritt laufen. Er nimmt sich vor, dieses Problem möglichst schnell zu lösen.

Von seinem Unbehagen dringt jedoch nichts nach außen, und am Ende wird sein durchschlagender Sieg von der Menge nicht mit einem Schrei, nein, mit tobendem Gebrüll gefeiert.

Etwa hundert Christen eilen zum Judenviertel. Wieder fünf Tote.

Immer höher schlagen die Flammen des Flächenbrands, genau, wie Guglielmo beabsichtigt hatte.

Wer weiß, wie es entstand, doch in den zahlreichen Judenvierteln der Insel geht das Gerücht um, dass Samuel, der verfluchte Abtrünnige, den bösen Vorsatz gefasst hat, überall dort in Sizilien zu predigen, wo es auch nur die kleinste jüdische

Gemeinde gibt. Die Nachricht versetzt alle Juden in Panik, man fleht die Rabbiner an, etwas zu unternehmen, um weitere Blutbäder zu verhindern. Denn die werden inzwischen als unvermeidliche Folge jener Predigten angesehen, welche so blinden Hass auslösen.

Und so kommen die Oberhäupter der Judenviertel, die sich zur Beratung in Messina versammelt haben, nach langen Diskussionen und vielen unterschiedlichen Vorschlägen am Ende zu dem Schluss, dass sie einen guten Gegenzug ersonnen haben.

Sie teilen dem Vizekönig mit, dass sie Seiner Majestät König Giovanni von Kastilien und Aragonien eine große Summe in Goldmünzen anbieten, damit ihr Leben und das ihrer Leute in allen Orten, wo Guglielmo Raimondo Moncada predigt, von den Soldaten der Milizhauptmänner beschützt wird. Denn bis jetzt, geben sie bei allem Respekt zu bedenken, seien die Morde sämtlich vor den Augen der Soldaten und Garden verübt worden, die keinen Finger gerührt hätten, um sie zu verhindern.

Auf diese Weise erfuhr König Giovanni von der Existenz des Guglielmo Raimondo Moncada und seinen aufsehenerregenden Taten in Sizilien. Und so kam man vom Regen in die Traufe. Seine Majestät war ein glühender Judenhasser, und die Anschuldigungen, die über seinem Haupt schwebten, waren weit eher abstoßend als unvorstellbar. Den bestechlichen und bigotten König befielen angesichts dieser großen Summe eine Zeitlang Zweifel, welche der Dominikanerpater Torrecremata, dem er blind ergeben war, prompt mit einem heimtückischen Vorschlag zerstreute.

Wie wäre es, wenn man diesen Guglielmo Raimondo Moncada an den Hof holte und ihn bei einem Streitgespräch mit dem Großrabbiner von Messina, dem weisen, gelehrten Bonavoglia, auf die Probe stellte?

Wenn Moncada als Sieger daraus hervorging, würde Seine Majestät der König das Angebot der Juden Siziliens ablehnen und sie ihrem Schicksal überlassen.

Der Vorschlag gefällt dem König.

Und er will ihn sofort in die Tat umsetzen. Zwei Wochen später wird Guglielmo Raimondo Moncada, der aus gegebenem Anlass ein schlichtes, grobes Gewand trägt, Ihrer Majestät als unbesiegbarer Defensor Fidei vorgestellt.

«Nun, wir werden ja sehen, ob Ihr Euren Ruf rechtfertigt», sagt König Giovanni.

«Mit Christi Hilfe wird es mir gelingen», erklärt Guglielmo und verbeugt sich demütig.

Doch noch während er diese Worte ausspricht, verschwindet der prunkvolle Hof um ihn herum mit einem Schlag. Er ist wieder ein fünfzehnjähriger Junge, der am Rand eines staubigen, sonnendurchglühten Saumpfades steht, um eine Reihe Karren vorüberfahren zu lassen. Ein fetter Bauer auf dem Kutschbock des ersten Karrens spuckt ihm auf den Fuß.

Zwei

Guglielmo ist jedoch fest entschlossen, diese einzigartige Gelegenheit zu nutzen, um mit dem Disput nicht nur seinen Ruhm zu mehren, sondern auch praktischen Nutzen daraus zu ziehen. Noch am Abend seiner Ankunft trifft er sich mit Torrecremata und legt ihm seine Idee vor.

Wenn das von Seiner Majestät gewünschte Thema des Streitgesprächs der schädliche Einfluss jüdischer Schulen auf das Denken der einfachen Christen sein soll, gibt er zu bedenken, dann sei die richtige Person für eine solche Auseinandersetzung nicht Rabbi Bonavoglia, sondern Rabbi Sabatino de Ray, der ungemein studierte Vorsteher der großen Mezquita von Girgenti, die einst vom schwerreichen Salomone Anello und jetzt von seinen Erben wirtschaftlich unterstützt werde. Der ehrwürdige Pater wisse es vielleicht nicht, aber die Schule von Girgenti sei die meistbesuchte und aktivste von ganz Sizilien, und eben darum eine Quelle verseuchten Wassers, deren giftige Ausdünstungen die Luft verpesteten. Der Einsatz, fährt er fort, müsse im Fall einer Niederlage von Rabbi Sabatino sein, dass die Mezquita dem Erdboden gleichgemacht wird, ihre Güter konfisziert und der Kirche übertragen werden.

Dieser Gegenvorschlag von Guglielmo ist Musik in Giovannis Ohren. Vor ein paar Jahren hat er selbst alles darangesetzt, damit die Gründer nicht genehmigter jüdischer Schulen von der Inquisition verhört und streng bestraft werden. Also gibt er Befehl, Rabbi Sabatino unverzüglich an den Hof zu holen, obwohl das bedeutet, dass der Disput um ein paar Tage verschoben werden muss, um dem Rabbiner Zeit zum Ankommen zu lassen.

Als Rabbi Sabatino de Ray die Einladung an den Hof bekommt, erkennt er sofort, dass er sich dem Willen des Königs auf keinen Fall widersetzen kann.

Wenn er ablehnt, würde er eingekerkert werden und die Bewohner des Judenviertels von Girgenti müssten noch mehr Schikanen und brutale Übergriffe erleiden.

Doch bevor er abreist, sorgt er dafür, dass alle Wertgegenstände aus der Mezquita und der Synagoge an einem sicheren Ort versteckt werden.

Als Sabatino de Ray nach einer langen, ohne Halt und in großer Hast zurückgelegten Reise völlig entkräftet ankommt, taucht sofort ein Bote von Torrecremata auf, der ihm mitteilt, dass er zwei Stunden Zeit für eine Ruhepause habe, dann werde das Streitgespräch beginnen. Der Rabbi hat nicht einmal mehr die Kraft, darauf zu reagieren.

Wer hingegen reagiert, ist Guglielmo, der augenblicklich um eine Audienz bei König Giovanni bittet.

Er will vermeiden, dass man ihn der Unredlichkeit bezichtigt, und vertritt leidenschaftlich die Sache des Rabbiners, man müsse ihm mindestens eine Nacht Erholung gewähren, niemand soll sagen können, dass er, Guglielmo, die Erschöpfung eines geschwächten Gegners ausgenutzt habe. Der König überschüttet Guglielmo mit Lob für sein ritterliches Verhalten und gewährt den Aufschub.

Nach dem Wunsch König Giovannis findet der Disput an einem Ort statt, der Ähnlichkeit mit einem Turnierplatz hat, auch wenn er sehr viel kleiner ist. Nicht nur der gesamte Hofstaat hört zu, auch Geistliche jeden Grades, die schon vor einiger Zeit aus ganz Spanien herbeigeeilt sind.

In der Mitte der Arena stehen nur zwei kleine Podeste einander gegenüber, eines für Guglielmo, das andere für Rabbi Sabatino.

Vor dem Beginn fordert Torrecremata die Anwesenden zum gemeinsamen Gebet auf.

Dann erhebt sich Seine Majestät, erklärt das Streitgespräch für eröffnet und erteilt Guglielmo als Erstem das Wort.

Damit wird der Rabbi Sabatino de Ray schon von den ersten Sätzen an gezwungen sein, eine defensive Position einzunehmen.

Guglielmo ist nicht auf der Höhe seiner körperlichen Kräfte. Fast bis zum Morgengrauen hat er wachgelegen und versucht, das Problem zu lösen, über das er nun schon seit vielen Tagen nachgrübelt, schon seit dem Streitgespräch mit Rabbi Elia Mantovano in Catania. Warum hat sein Verstand angesichts der gegnerischen Argumente keine einheitliche Strategie der Verteidigung und des Angriffs gefunden und sich stattdessen geradezu aufgesplittert in viele kleine Widerstandsgebiete, von denen jedes einzelne jedoch nicht in der Lage war, zu einem Gegenschlag auszuholen, der den Gegner in Schwierigkeiten hätte bringen können?

Und warum ist das früher, bei den Übungen im Kloster, als seine Kontrahenten christlichen Glaubens waren, nie vorgekommen?

Obwohl Rabbi de Ray in einer nachteiligen Position begonnen hat, holt er rasch und sicher auf.

Auch die Anwesenden bemerken, dass Guglielmo in Schwierigkeiten ist, seine Stirn ist schweißnass, immer wieder ballt er die Fäuste, als müsste er seine Unruhe bändigen, er macht lange Pausen, bevor er antwortet, dabei runzelt er die Stirn und schließt die Augen, als koste es ihn große Mühe, seine Gedanken zu ordnen. Jeder seiner Sätze beginnt unsicher, vorsichtig.

Dann kehrt sich die Situation auf einmal schlagartig um. Allen wird klar, dass Guglielmo eine Sicherheit erlangt hat, die ihm bis zu diesem Moment fehlte, und ein Seufzer der Erleichterung geht durch die Menge. Die meisten sind jetzt sogar überzeugt, dass es sich um eine listige Taktik gehandelt hat, und applaudieren begeistert.

Doch es war keine Taktik. Von einem bestimmten Moment an hat Guglielmo, anfangs sogar ohne sich dessen bewusst zu sein, aufgehört, als Christ zu argumentieren, und stattdessen begonnen, als Jude zu denken.

Mehr noch: Ihm war, als würde das uralte Wissen seiner Leute ihm zeigen, wie er die christliche Lehre auf die beste Weise für seinen Zweck einsetzen musste.

Plötzlich konnte er im Kopf des Rabbiners lesen wie in einem offenen Buch, wo er die Gedankengänge und den daraus folgenden Verlauf, den sie nehmen würden, in großer Klarheit vor sich sah.

Und damit wurden alle dialektischen Finessen, alle sorgsam verborgenen Fallstricke und Finten des Gegners für ihn leicht vorhersehbar und ebenso leicht widerlegbar.

Zuletzt bricht Sabatino weinend auf dem Podest zusammen, während Guglielmo zur Tribüne eilt, um die Umarmung Seiner Majestät entgegenzunehmen.

Guglielmo weiß nicht, dass König Giovanni, von der Habgier übermannt, seine Meinung geändert und bereits beschlossen hat, das Gold der Juden anzunehmen und im Gegenzug das Leben ihrer Glaubensbrüder zu schützen. Darum ist alles, was sein triumphaler Sieg bei diesem Streitgespräch ihm einbringt, ein begeistertes, aber unrentables Schreiben des Königs, in dem er zum miles artium, zum Krieger der Künste, und zum vir eruditissimus et probus, einem hochgelehrten und rechtschaffenen Mann, ernannt wird.

Die Lage ist ernst. Jetzt muss er sich dringend Geld besorgen.

In Girgenti zieht er sich in seine Wohnung in der Bischofsresidenz zurück, wo er Besuche und Bitten um Predigten abwehrt. Zu seiner Rechtfertigung sagt er, dass er nach der mondänen Welt des königlichen Hofes das Bedürfnis habe, sich in der Einsamkeit und im Gebet zu sammeln. Manchmal verlässt er seine Wohnung zu nächtlicher Stunde, doch keiner weiß, wohin er geht.

Einen Monat nach seiner Rückkehr macht eine Schmähschrift die Runde in der Stadt, es sind mehrere handgeschriebene Exemplare in hebräischer Sprache, «darin die grundlegenden Wahrheiten unserer heiligen Religion bestritten werden», wie der Bischof von Girgenti dem Vizekönig in großer Besorgnis schreibt.

Dieser gibt König Giovanni Kunde von dem Vorfall und befiehlt dem capitano di giustizia herauszufinden, wer der Verfasser ist. Der Stadtrichter braucht nicht lange, um, eher aus Voreingenommenheit statt aufgrund echter Indizien, in Sabatino de Ray den Täter ausfindig zu machen, der sich vermutlich auf diese Weise für die erlittene Niederlage rächen will.

Der sofort in Ketten gelegte Rabbi erklärt sich nicht nur für unschuldig, sondern begeht auch den Fehler zu behaupten, er wisse, wer der wahre Schuldige sein könnte.

Er nennt den Namen Guglielmo Raimondo Moncada.

Der Stadtrichter hält sich den Bauch vor Lachen. «Weißt du was? Ich hätte dir mehr Glauben geschenkt, wenn du den Namen des Papstes genannt hättest, dreckiger Jude!»

Doch er ist trotzdem genötigt, Guglielmo mit allen in diesem Fall gebotenen Rücksichten vorzuladen. Der reagiert verächtlich auf die Anklage: «Der Rabbi soll beweisen, welches Interesse mich bewegt haben könnte, diese Schmähschrift zu verfassen. Kann er es nicht, bedeutet das, dass Sabatino de Ray ein infamer Lügner ist und die Strafe verdient, die das Gesetz vorsieht.»

Der Rabbi hatte recht mit seiner Vermutung, Moncada ist tatsächlich der Verfasser der Schrift, aber dass seine Intuition ins Schwarze traf, hilft ihm nicht. De Ray wird zu fünf Jahren Gefängnis verurteilt, nach deren Verbüßung er lebenslänglich ins Exil gehen muss.

Schon wenige Tage später gelangt Guglielmos kühn ersonnener Plan an sein Ziel. König Giovanni ist zu der Überzeugung gekommen, dass die jüdische Schule von Girgenti keinerlei Daseinsrecht mehr besitzt, insbesondere weil sie sich so schwerer Sünden schuldig gemacht hat wie jener blasphemischen, lügnerischen Schmähschrift.

An den Stadtrichter ergeht der Befehl, die Mezquita und alle anderen Versammlungsstätten der Juden auf Kosten der Erben von Salomone Anello dem Erdboden gleichzumachen. Außerdem müssen die hundert Florin Jahresrente, die Salomone Anello in seinem Testament der Mezquita zuteilte, weiterhin gezahlt werden, und zwar zugunsten von Guglielmo Raimondo Moncada, welcher von nun an als Mitglied des Domkapitels von Girgenti zu betrachten sei.

Der königliche Brief verliert jedoch kein Wort darüber, für wen die fruchtbaren Ländereien bestimmt sind, die Salomone

Anello der Mezquita geschenkt hat. Aus den Ernten dieser Felder bezog das Judenviertel einen Großteil seines Lebensunterhalts. Angeführt von Isaia Sales, eine Art Verwalter der Gemeindegüter, zudem ein sehr tüchtiger Geschäftsmann, begibt sich eine Delegation Juden aus Girgenti zum Stadtrichter, um die Sache klarzustellen: Ihrer Meinung nach müssen diese Ländereien im Besitz der Gemeinde bleiben.

Der übliche hierarchische Dienstweg Stadtrichter-Vizekönig-König setzt ein, und die Antwort Seiner Majestät, die nicht lang auf sich warten lässt, ist eindeutig: Die Grundstücke sollen Eigentum von Guglielmo Raimondo Moncada werden, außerdem bleibt es bei dem jährlichen Benefizium von hundert Florin, das ihm bereits bewilligt wurde.

Jedoch, heißt es im Brief des Königs weiter, nachdem solches nunmehr dekretiert sei, könne Guglielmo Moncada, nobilissimo et probo vir, mit seinem Hab und Gut secundum sua voluntate und Gutdünken verfahren, selbiges sogar großherzig in eine Schenkung verwandeln.

Die Entscheidung des Souveräns bedeutet für die Juden, dass sie in Girgenti nicht überleben können, es wird ihnen nichts anderes übrigbleiben, als Erinnerungen und liebgewordene Orte zu verlassen und sich auf der Suche nach besseren Lebensbedingungen woanders anzusiedeln.

Da bittet Isaia Sales, der entschlossen ist, aufs Ganze zu gehen, um ein vertrauliches Gespräch mit Guglielmo, und es wird ihm gewährt. Obgleich er wenig Hoffnung hat, will er an seinen Großmut appellieren, damit er den Juden die Gnade erweist, ihnen die Ländereien als Schenkung zu überlassen, wie ja selbst König Giovanni nahezulegen scheint.

Das Gespräch hinter verschlossenen Türen, das um acht Uhr morgens begann, dauert vier Stunden.

Am Nachmittag versammelt Isaia seine Leute in den Ruinen der Mezquita und berichtet ihnen mit finsterer Miene, dass Guglielmo Raimondo Moncada die mögliche Verhandlung über seine Ländereien unter eine conditio sine qua non gestellt hat.

Er will denen, die einst seine Glaubensbrüder waren, die Gründe für seine Bekehrung erklären. Alle Juden von Girgenti, ausnahmslos alle, müssen seine Worte schweigend anhören. Danach ist er bereit, eine Übereinkunft hinsichtlich der Nutzung der Ländereien in Erwägung zu ziehen.

Die Reaktion der Juden auf den Vorschlag fällt nicht einmütig aus. Eine Hälfte ist entschieden dagegen, sie hält allein den Anblick des Renegaten für eine Zumutung, erst recht aber, auch noch seine Stimme hören zu müssen. Die andere Hälfte ist kompromissbereit, zuhören kostet nichts und kann einen großen Vorteil bringen.

Isaia Sales benötigt eine Woche und sein ganzes Verhandlungsgeschick, um die Starrsinnigsten zu überzeugen, dann kann er zu Guglielmo gehen und ihm berichten, dass der Begegnung nichts mehr im Wege steht.

Sie treffen sich noch dreimal und immer ohne Zeugen, um Tag, Ort und Einzelheiten der Begegnung zu vereinbaren.

Natürlich berichtet Guglielmo dem Stadtrichter davon. Der hält das Vorhaben für außerordentlich gefährlich, darum will er ihm mindestens zehn bewaffnete Soldaten an die Seite stellen.

Doch das lehnt Guglielmo ab. Er akzeptiert lediglich ein Geleit aus vier Soldaten, die während seiner Rede gebührenden Abstand wahren sollen. Der Stadtrichter tut so, als beuge er sich Guglielmos Willen, hat aber schon beschlossen, dass er selbst einer der vier Bewaffneten sein wird und weitere zwanzig in der Nähe des vereinbarten Ortes versteckt bereitstehen werden, um auf seinen Befehl sofort einzuschreiten.

Nach der Begegnung schrieb der Stadtrichter einen Rapport für den Vizekönig.

«Wir berichten Euch die Sache getreulich, grade so als wie sie geschehen, und machen keinerlei Anmerkung nicht.

Am Tage der Begegnung von Don Guillelmo Moncada mit den Leuten der Judicca von Girgenti führt ich drei Männer in Waffen mit, und stund ich sehr nah bei ihm, aber hören, was er sagt, konnte ich nicht.

Eine große Menge war gekommen, und er steht auf den Ruinen der niedergerissenen Moschita und gebraucht die Sprache seiner Geburt, jedenfalls will es mir so scheinen, wegen ein paar Lauten, die ich gehört.

Begonnen hat er una hora post prandium und sprach bis zum Untergang der Sonne.

Bisweilen seh ich ihn die Arme hoch zum Himmel heben, als möcht er diesen zum Zeugen anrufen, heftig war sein ganzes Gebärden, auch nässten Tränen lange Zeit sein Gesicht, angehört indes ward das, was er sagt, semper cum magnum respecto.

Zuletzt, wann die Müh und commotio ihn erschöpft niedersinken lassen, birgt er das Gesicht in den Händen.

Da geschah es, dass ich seh, wie mindestens zehn von den Leuten von der Judicca, wo dort versammelt sind, aus der Menge kommen, und laufen sie zu Don Guillelmo, beugen vor ihm das Knie und brechen in verzweifelte Wehklage aus, und dieweil ich mich genähert aus Sorge wegen möglicher Übeltaten, höre ich, wie sie sich als Bekehrte kundtun, von den Reden Don Guillelmos gewonnen für den Glauben an Christo und sehe, wie sie ihn umarmen.

Die anderen Juden aber gehen empört von dannen, wortlos und mit gesenktem Haupt.

Stets zu Euren Diensten.»

Die Nachricht, dass Guglielmo während eines einzigen Nachmittags gut zehn Juden gleichzeitig bekehren konnte, fand gewaltigen Widerhall. Niemand kam auf den Gedanken, dass es sich um ein mit Isaia Sales abgesprochenes, geschickt inszeniertes Schauspiel hätte handeln können, obwohl die zehn Konvertiten, auch nachdem sie die Taufe empfangen und ihre alten Namen behalten hatten, weder verflucht noch aus dem Judenviertel gejagt wurden, wie es vorgeschrieben war.

«Don Guillelmo» unterzeichnete überdies «großzügigen Herzens» ein Abkommen, mit dem er sich verpflichtete, nur die Hälfte der Erträge aus den Ländereien der Mezquita für sich zu behalten.

Nach dieser Begebenheit brach Guglielmo, wiederum in Erfüllung der Forderungen König Giovannis, zu einer Reise durch das ganze Reich auf, um zu predigen und gelegentlich Proselyten zu machen. Und ungeheuer reich zu werden.

Denn der Papst lässt ihm, ebenfalls auf Drängen Seiner Majestät, in weniger als zwei Jahren das Priorat des Klosters San Filippo in Sciacca, das Rektorat der Kirche Sant'Agata in Sutera, die Pfarrei Santa Maria in Caltabellotta, das Priorat der Kathedrale von Cefalù und das Archidiakonat der Kirche von Siracusa zuteilen. Alles Ämter, die mit üppigen Schenkungen und entsprechend hochwertigen Pfründen verbunden sind.

Natürlich lässt Guglielmo sich in jedem dieser Orte nur ein einziges Mal blicken, um symbolisch von ihm Besitz zu ergreifen und festzulegen, wie die ihm zustehenden Präbenden an ihn überführt werden sollen.

Doch damit nicht genug. Mit einem Motu proprio ernennt der Papst ihn zum Großmeister der Juden, also zum Koordinator sämtlicher Maßnahmen, die die Kirche gegen dieses Volk ergreift, ein Amt von hohem Ansehen, das der verstorbene Matteo Gimarra bekleidet hatte.

Guglielmo erhält die Erlaubnis, einen jungen Diener auf seine Reisen mitzunehmen, welcher zeitgenössischen Chroniken zufolge de dulcis aspectum war und eum maxime fidelis.

Bei den anderen Priestern im Bistum Girgenti regte sich Unmut über diese Anhäufung von Privilegien. Nicht nur Neid war der Grund, es handelte sich auch um eine Reaktion auf eindeutigen Amtsmissbrauch: Einige dieser gutbezahlten Ämter hätten Guglielmo gar nicht übertragen werden dürfen, denn da er nur die niederen Weihen empfangen hatte, fehlten ihm die erforderlichen Titel.

Zwei Kanoniker, Don Erminio Laspera und Don Filippo Guaita, die jeweils Aussicht auf das Rektorat von Sant'Agata und die Pfarrei von Santa Maria gehabt hatten, verfassten, auch im Namen ihrer Mitbrüder, eine Denkschrift voller Groll an den Bischof.

Welche nie beantwortet wurde. Der Bischof konnte nicht anders handeln.

Guglielmo zu verteidigen hätte bedeutet, sich gegen das ganze Kapitel zu wenden. Partei für die Beschwerdeführer zu ergreifen hätte bedeutet, sich offen gegen die Wünsche des Papstes und des Königs zu stellen.

Dass die Antwort ausblieb, ließ den Unmut wachsen, vor allem unter den Priestern, die auf Seiten von Don Erminio und Don Filippo standen.

Eines Nachts wird Guglielmo in seiner Wohnung in der bischöflichen Residenz von Girgenti durch beharrliches Klopfen aus dem Schlaf geweckt. Er wirft seinen jungen Diener aus dem Bett und geht die Tür öffnen.

Vor ihm stehen vier junge Priester, denen er schon mehrmals begegnet ist. Einen davon, Don Carlo, kennt er sogar mit Namen, weil er für den Nachtdienst an der Pforte zuständig ist.

An diesen wendet er sich. «Was ist los?»

«Vor kurzem hat es geklopft», antwortet Don Carlo, «und ich bin öffnen gegangen. Es war ein Bote des Conte Guglielmo Raimondo Moncada, Eurem Paten, welcher sich in der Stadt befindet.»

«Was hat er gesagt?»

«Dass der Signor Conte Euch zu sehen wünscht.»

«Jetzt?»

«Jetzt.»

Guglielmo ist nicht gerade erfreut darüber, zu dieser nachtschlafenden Zeit durch die Stadt gehen zu müssen. Die seit einiger Zeit von einer Bande blutrünstiger Verbrecher heimgesucht wird.

«Ist der Bote noch da?»

«Nein, er musste gehen, er hatte noch einen anderen Auftrag. Doch fürchtet Euch nicht, wir werden Euch begleiten.»

Beruhigt kleidet Guglielmo sich rasch an. Er ist sehr gespannt darauf zu erfahren, was der Conte von ihm will.

Der Palazzo Moncada liegt nicht weit entfernt, sie brauchen keine Kutsche. Die vier Priester, junge Männer und obendrein von kräftiger Statur, gehen vor und hinter ihm und an seinen Seiten. Zwei tragen Fackeln.

«Wir sind da», sagt Don Carlo plötzlich.

Wie? Sie haben doch erst den halben Weg zurückgelegt! Sie sind vor dem weit geöffneten Tor eines Palazzo stehen geblieben, der unbewohnt ist, wie Guglielmo weiß.

«Rein mit dir.»

«Aber wohin ...»

«Geh rein und halt den Mund.»

Er muss gehorchen, obwohl ihm der Verdacht kommt, dass er in eine Falle gegangen ist. Kaum ist er drinnen, wirft ihn ein heftiger Schlag in den Nacken zu Boden. Er fällt auf die Knie, zu überrascht, um zu protestieren oder sich auf irgendeine Weise zu wehren. Ein Tritt in die Nieren lässt ihn bäuchlings hinschlagen.

Die vier Priester bleiben stumm, entladen ihre gewalttätige Wut in absoluter Stille, die nur vom Geräusch der Tritte, der Fausthiebe, der Ohrfeigen und Guglielmos Wimmern unterbrochen wird.

Bevor er das Bewusstsein verliert, dringt von ferne Don Carlos Stimme an sein Ohr.

«Hast du deine Lektion gelernt? Verschwinde aus Girgenti, so schnell du kannst, Judensau!»

Erst im Morgengrauen kann er zum Palazzo Moncada kriechen. Der Conte ist natürlich nicht da. Ramirez, der Verwalter, der ihn gut kennt, empfängt ihn und lässt eilig einen Arzt rufen. Er berichtet auch dem Stadtrichter von dem Vorfall. Guglielmo erzählt ihm, dass er auf einem nächtlichen Spaziergang von mehreren Unholden überfallen und beraubt wurde.

Sobald er wieder gehen kann, kehrt er in die Bischofsresidenz zurück und erzählt dem entsetzten Bischof, was wirklich geschehen ist. Er fordert eine Gegenüberstellung, aber nicht mit denen, die ihn überfallen haben, sondern mit Don Erminio und Don Filippo, die er beschuldigt, den Überfall in Auftrag gegeben zu haben.

«Warum sollen sie das denn getan haben?» Der Bischof tut, als wüsste er nicht, dass die beiden allen Grund dazu hatten.

«Weil sie von den Juden angestiftet wurden», lautet die unerwartete Antwort.

Der Bischof bittet sich etwas Zeit aus, um darüber nachzudenken, unterdessen lässt er die vier Angreifer entfernen.

Sonderbarerweise vergehen mehrere Tage, ohne dass Guglielmo sich beklagt, dass seiner Bitte nicht entsprochen wird. Der Bischof beruhigt sich allmählich, da erreicht ihn ein Schreiben aus Rom.

Es stammt von Kardinal Cybo, der ihm die Entscheidungen bekanntgibt, zu denen der Papst infolge des schändlichen Angriffs auf Guglielmo Raimondo Moncada gelangt ist.

Zunächst hat Seine Heiligkeit seiner bitteren Enttäuschung darüber Ausdruck verliehen, dass der zögerliche Bischof sich als unfähig erwies, bezüglich des äußerst schwerwiegenden Vorfalls, welcher Schande über die ganze Kirche von Girgenti brachte, die richtige Entscheidung zu treffen, sodann hat er befohlen, Don Erminio Laspera und Don Filippo Guaita a divinis von ihren Ämtern zu suspendieren, und erklärt, dass Don Guglielmo Raimondo Moncada von jetzt an nicht mehr zum Domkapitel von Girgenti gehört, sondern unter Beibehaltung sämtlicher ihm gewährter Benefizien nach Rom zu holen sei, wo ihm ein hohes Amt verliehen werden soll.

Drei

In einem Punkt ist das Schreiben jedoch nicht korrekt, ein hohes Amt ist für Guglielmo in Rom nicht vorgesehen.

Oder besser, noch gehört es zu den Plänen von Giovanni Battista Cybo, Bischof von Savona und Molfetta, außerdem Kardinal von Santa Cecilia und zweifellos der zweitmächtigste Mann nach Papst Sixtus IV., ein Prälat mit unverhohlenen Ambitionen auf den Stuhl Petri (tatsächlich wird er unter dem Namen Innozenz VIII. die Nachfolge von Sixtus IV. antreten).

Cybo will sich einen gelehrten, tatkräftigen, weithin bekannten Mann wie Guglielmo, der zudem das Wohlwollen des Königs genießt, nicht entgehen lassen. Seinem persönlichen Hofstaat aus Personen, die durch Stand und Vermögen herausragen, kann allein dessen Anwesenheit Glanz verleihen.

Also schickt Cybo seine Botschafter an die Tore Roms, damit sie den Neuankömmling empfangen, ihn mit allen Ehren willkommen heißen und zu der kleinen Wohnung geleiten, die im Kardinalspalast für ihn bereitgestellt wurde. Cybo will vermeiden, dass Guglielmo sich unterwegs verläuft oder von irgendwem woanders hingeführt wird. Guglielmo wiederum, der genau weiß, was der Kardinal repräsentiert und was es bedeutet, in seinen Diensten zu stehen, ist hoch erfreut, so problemlos in dessen Kreis aufgenommen zu werden.

Am nächsten Morgen wird er von Cybo zum Gespräch geladen. Die Begegnung unter vier Augen, für die anfangs eine Stunde vorgesehen war, nicht mehr als zwingend notwendig für ein erstes Kennenlernen, dauert den ganzen Vormittag. Und sie wiederholt sich in gleicher Form am nächsten Tag. Der

Kardinal hat gedroht, niemand solle es wagen, an die Tür zu klopfen, er will während des Gesprächs unter keinen Umständen gestört werden. Als die vormittägliche Aussprache des dritten Tages beendet ist, dankt Cybo seinem alten Beichtvater, dem Domkapitular D'Arvisio, für den väterlichen seelsorgerischen Beistand während so vieler Jahre und teilt ihm mit, dass er von jetzt an keine Verwendung mehr für ihn habe.

Er hat einen neuen Beichtvater gefunden: Guglielmo Raimondo Moncada.

Cybo hatte gedacht, er müsste seine ganze Bildung, seine Macht und seine persönliche Ausstrahlungskraft einsetzen, um Guglielmo zu verführen, und wurde stattdessen seinerseits sofort verführt, ja in Bann geschlagen.

In vatikanischen Kreisen findet die Nachricht enormen Widerhall. Wenn einer wie Cybo, der so widerwillig Vertrauen schenkt, der so vorsichtig ist, wenn es darum geht, Menschen zu beurteilen, sich diesem Neuankömmling ganz und gar ausliefert, denn bei der Beichte muss er ihm ja auch seine geheimsten Gedanken offenbaren, dann bedeutet das nichts anderes, als dass er in Guglielmo Raimondo Moncada einen außergewöhnlichen Menschen mit bedeutenden und raren Fähigkeiten erkannt hat, mithin jemanden, der imstande ist, maßgeblichen Einfluss auf seine Entscheidungen zu nehmen.

Nach kaum einer Woche sieht Guglielmo sich mit größerer Ehrerbietung und Ergebenheit behandelt als viele Mitglieder des päpstlichen Hofes. Er ist innerhalb kürzester Zeit zu einem Mann geworden, den man sich vorsichtshalber zum Freund macht.

Dann kommen die Kisten aus Sizilien mit den Büchern, die Guglielmo während seiner Predigerreisen geschenkt wurden oder die er selbst von Juden requiriert oder gekauft hat. Seine

Wohnung ist zu klein, um dort eine so große Bibliothek unterzubringen.

Großzügig schenkt ihm der Kardinal ein zweistöckiges Haus in seinem Besitz, das nicht weit vom Palazzo des Kardinals liegt. So hat Guglielmo keinen langen Weg, wenn er ihm jeden Morgen bei Tagesanbruch die Beichte abnehmen muss.

Guglielmo stellt einen Koch und Hausdiener ein, dessen Frau seine Dienstmagd wird. Die beiden bleiben bis zum späten Abend, übernachten aber nicht in seinem Haus, zum Schlafen bleibt nur ein vierzehnjähriger Dienstbursche mit sanften Gesichtszügen.

Bei jeder der Tischgesellschaften, zu denen Kardinal Cybo mittags und abends einlädt, um so viele Unterstützer wie möglich für sich zu gewinnen, verlangt er Guglielmos Anwesenheit. Denn er musste sich eingestehen, dass der junge Mann über Verführungskünste verfügt, die noch subtiler und einschmeichelnder sind als die seinen.

Eines Tages äußert der Papst persönlich den Wunsch, Guglielmo möge ihm vorgestellt werden.

Die Begegnung dauert knapp eine Stunde, anwesend sind die höchsten Würdenträger.

Als sie beendet ist, wendet sich Sixtus IV. sichtlich beeindruckt an Kardinal Cybo und sagt: «Non expedit ut amatissimi vestri Vuilhelmi ardor, fides et sapientia claudantur in palatio vestro.»

Cybo gerät in helle Aufregung. Was bedeutet dieser sybillinische Satz des Papstes? Er will nicht, dass Guglielmos Eifer, Glaubensstärke und Gelehrsamkeit in seinem Palazzo eingeschlossen bleiben?

Vielleicht wünscht Sixtus, dass Guglielmo seine Tätigkeit

als Wanderprediger zur Verteidigung des Glaubens gegen die Juden wiederaufnimmt? Nein, das muss auf jeden Fall verhindert werden. Guglielmo muss an seiner Seite bleiben.

Doch es ist der Papst selbst, der die Befürchtungen des Kardinals zerstreut, als er, ohne sich mit jemandem beraten zu haben, Guglielmo ein paar Tage nach der Audienz mitteilen lässt, ihm sei das Amt eines Lehrers der «tres linguae», also Latein, Griechisch und Hebräisch, an der Universität von Rom, dem Archiginnasio, übertragen worden.

So bekommt Guglielmos Alltagsleben einen festen Rahmen aus Uhrzeiten und Aufgaben.

Wenn er keine Verpflichtungen beim Kardinal hat, empfängt er des Abends in seinem Haus gern Bekannte, von denen er glaubt, sie könnten Freunde werden. Ohnehin wimmelt es vor seiner Tür von Anwärtern auf eine Einladung. Und so lernt er eines Tages einen Kanonikus kennen, Bernardo de' Massimi, der oberflächliche Kenntnisse im Hebräischen und Chaldäischen besitzt, vor allem aber ein anerkannter Fachmann für die seltensten, begehrtesten Kodizes und Papyri ist. Darum wurde er vom Kardinal von Rouen, dem sehr vermögenden Guillaume d'Estouteville, zum Kurator seiner umfangreichen, kostbaren Bibliothek in Rom berufen. Der Kanonikus, dem man eine Vorliebe nicht nur für gutes Essen, sondern auch für schöne Frauen nachsagt, hat unter dem Namen Demokrit von Terracina eine kleine Akademie gegründet, zu der auch Guglielmo Zutritt erlangt. In der Akademie nimmt er den Namen Guglielmo di Sicilia an. Auf diese Weise wird der Kontakt zwischen den beiden zunehmend intensiver, und ihre Freundschaft festigt sich von Tag zu Tag.

Die Wertschätzung, die man Guglielmo am päpstlichen Hof entgegenbringt, erreicht ihren Höhepunkt, als er vom Papst persönlich den Auftrag erhält, die traditionelle feierliche Karfreitagspredigt zu halten, die im Petersdom in Gegenwart des Papstes, aller Kardinäle und des römischen Adels gehalten wird.

Obwohl der *Sermone de passione Domini*, den Guglielmo von der begehrtesten Kanzel herab hielt, zwei Stunden dauerte, entzückte und rührte er alle Anwesenden. Natürlich sprach er auf Latein, doch an manchen Stellen zitierte er lange Passagen in Aramäisch und Hebräisch aus dem Gedächtnis. Später behaupteten die Zuhörer, obgleich sie diese Sprachen nicht kannten, hätten sie diese Passagen dank Guglielmos Tonfall und Mimik trotzdem verstanden.

Doch keiner wusste, dass jener auf der Kanzel gesprochene «Sermon» die lateinische Übersetzung eines Originaltextes war, den Guglielmo in seiner Muttersprache geschrieben hatte, und das war und blieb Hebräisch.

Kurz darauf ernennt der Papst ihn mit einem Motu proprio zum leitenden Kanoniker des Domkapitels von Cefalù. Dieses hochangesehene Amt bedeutet traditionell die sichere Vorstufe zur Würde des Bischofs von Palermo, aber es zwingt zum Verzicht auf alle anderen Ämter und Pfründe, was bei Guglielmo auch die hundert Florin jährlich aus der Erbschaft von Salomone Anello einschließt. Glücklicherweise verpflichtet die Ernennung nicht, wenigstens vorerst nicht, zu einem Umzug nach Sizilien.

Von heute auf morgen befindet sich Guglielmo wieder in großen finanziellen Schwierigkeiten, seine Einnahmen sinken, und seine Ausgaben steigen.

Das Wohlwollen des Papstes und des Kardinals Cybo nötigen ihn zu einem hohen Lebensstandard, oft muss er Kardinäle, Würdenträger des päpstlichen Hofes und Vertreter des Adels zum Abendessen einladen, er musste eine Dienerschaft einstellen, die derartigen Aufgaben gewachsen ist, sein gesamtes Mobiliar erneuern, sich mit kostbarem Geschirr ausstatten, Teppiche und Gemälde kaufen.

Und wo er schon einmal dabei ist, nimmt er sich auch gleich einen zweiten Dienstjungen.

Aber wie kann er dieses Niveau halten, wenn ihm alle Einkünfte gestrichen wurden?

Kardinal Cybo, der ein welterfahrener Mann ist, erkennt Guglielmos Notlage und verschafft ihm einen zweiten Lehrstuhl an der Universität von Rom, den ebenso angesehenen wie gutbezahlten Lehrstuhl für Theologie.

Doch für Guglielmo ist auch das zu wenig. Er muss sich Geld besorgen, und zwar so schnell wie möglich.

Für ihn beginnt eine Zeit schlafloser Nächte. Die jungen Diener, die abwechselnd in sein Bett kamen, der eine heute, der andere morgen, manchmal krochen sie auch alle beide hinein, haben Befehl, in ihren Kämmerchen zu bleiben.

In einer dieser Nächte kommt ihm eine Idee, die ihm zunächst wie blanker Wahnsinn erscheint. Nachdem er lange über das Vorhaben nachgedacht hat, entdeckt er darin eine gewisse Dosis Vernünftigkeit. Aber es ist außerordentlich gefährlich – wenn er auffliegt, würde er so tief fallen, dass er keinerlei Hoffnung mehr auf erneuten Aufstieg hätte. Höchste Vorsicht ist geboten.

Er spricht mit dem Kanonikus Bernardo darüber, der ihm seinerseits schon ein paar nicht gerade erhebende, kleine Geheimnisse anvertraut hat. Also kann Guglielmo offen über seinen Plan sprechen. Der Kanonikus nimmt keinen Anstoß, im Gegenteil, er findet die Sache höchst amüsant und verspricht, ihm zu helfen, schließlich lebe er seit über zwanzig Jahren in Rom und kenne die Stadt genau. Und tatsächlich nennt er ihm ein paar Tage später den Namen eines bekannten Geldverleihers, Samuele Di Porto, und liefert die Adresse gleich mit.

Guglielmo klopft an seine Tür, als es schon Nacht ist. Er trägt kein geistliches Gewand, sondern ist prunkvoll gekleidet. Ein dicker Verband um seinen Kopf verbirgt die Tonsur vollständig. Er hat sich vom Kanonikus begleiten lassen, der, ebenfalls in Zivilkleidung, ein großes Paket in der Hand hält.

«Wer ist da?», ruft Samuele von einem Fenster im ersten Stockwerk.

«Öffnet mir. Ich muss mit Euch sprechen», antwortet Guglielmo auf Hebräisch.

Der Geldverleiher, der schon beschlossen hatte, niemanden hereinzulassen, ändert seine Meinung, als er hört, dass es sich um einen Glaubensbruder handelt, und geht hinunter, um die Tür zu öffnen. Es kommt oft vor, dass er seine Leute mit kleinen Darlehen zu niedrigen Zinsen unterstützt. Nur Guglielmo tritt ein, der Kanonikus bleibt mit dem Paket vor der Tür stehen.

«Ihr seid Jude?»

«Nein, aber ich spreche Eure Sprache. Ich bin als Kind zum Waisen geworden, und eine jüdische Familie hat mich großgezogen.»

«Wie heißt Ihr?»

«Raimondo Della Seta.»

«Was ist mit Eurem Kopf geschehen?»

«Ich bin vom Pferd gefallen.»

«Seid Ihr aus Rom? Ich habe Euch noch nie gesehen.»

«Ich bin nicht aus Rom, ich bin Sizilianer. In Rom bin ich erst seit knapp einem Monat.»

«Und was habt Ihr in Rom vor?»

«Ihr seid zu neugierig.»

«Wenn Ihr gekommen seid, weil Ihr Geld von mir leihen wollt, muss ich wissen, mit wem ich verhandle. Was habt Ihr in Rom vor?»

«Einfaltspinsel reinlegen», antwortet Guglielmo ohne Zögern.

Samuele ist verblüfft, er weiß nicht, ob der andere die Wahrheit ausplaudert oder ihn auf den Arm nehmen will.

Aber Guglielmo beendet das Gespräch abrupt. «Wartet einen Moment.»

Er geht nach draußen, kommt mit dem Paket wieder herein, legt es auf den Tisch und öffnet es. Zum Vorschein kommt eine herrliche kleine Altartafel, eine Kreuzigungsszene aus dem 13. Jahrhundert auf goldenem Grund, ein Gegenstand von erlesener Schönheit und großem Wert. Dem Geldverleiher bleibt vor Staunen der Mund offen stehen, dann murmelt er: «Gehört die Euch?»

«Ja. Ich habe sie aus einer Kirche in Sizilien.»

In Wirklichkeit ist es ein Geschenk von Kardinal Cybo, das Guglielmos Schlafzimmer schmücken sollte. Doch der Kardinal war noch nie bei ihm zu Hause, und es gibt auch keinen Grund, warum er ihn je dort aufsuchen sollte, also wird er das zeitweilige Verschwinden seines Geschenks nicht bemerken.

Als Gewähr für das Darlehen, zu dessen Rückerstattung binnen sechs Monaten mitsamt Zinsen er sich verpflichtet, überlässt Guglielmo dem Geldverleiher die Tafel und droht, es werde ihn teuer zu stehen kommen, wenn er sie nicht gut versteckt aufbewahrt.

Er verlässt das Haus des Geldverleihers. Wie er in sechs Monaten die Summe zusammenkratzen soll, die er dem Mann schuldet, fragt er sich nicht. Bis dahin wird ihm schon etwas einfallen.

Zwei Monate später stirbt der Kardinal von Rouen, der schon sehr betagt war.

Der Kanonikus Bernardo de' Massimi schreibt daraufhin einen Brief an Kardinal Cybo, in dem er ihn wissen lässt, dass die Bibliothek des Verstorbenen Werke von unschätzbarem kulturellen und materiellen Wert enthält, welche sinnvollerweise als Dotation in die Vatikanische Bibliothek zu überführen wären.

Doch zuvor müssen die Bestände sorgfältig gesichtet und sortiert werden, darum bittet er den Kardinal, ihm Unterstützung durch einen Fachmann für klassische Sprachen wie Guglielmo Raimondo Moncada zu gewähren. Er gibt außerdem zu bedenken, dass es angeraten wäre, wenn die Verwandten des Verstorbenen bei dieser äußerst heiklen Arbeit nicht zugegen wären, da sie stören und Verwirrung stiften würden. Es sei daher das Beste, Moncada den Schlüssel zum Palazzo anzuvertrauen. Bedenkenlos gibt Cybo seine Einwilligung.

Die Sichtung dauert einen ganzen Monat.

Zwanzig Tage, nachdem sie begonnen hat, ruft Cybo Guglielmo zu sich und teilt ihm mit, er habe einen Weg gefunden, um ihn aus seiner beschränkten wirtschaftlichen Lage zu befreien.

Guglielmo ergeht sich zwar sofort in wärmsten Dankesbekundungen, lässt ihn aber nicht weitersprechen. «Ein Wunder ist geschehen», sagt er lächelnd.

Er zeigt dem Kardinal einen Brief des neuen Priors des Karmeliterklosters von Catania, darin geschrieben steht, dass Marchesa Della Seta ihm auf dem Sterbebett eine Jahresrente von fünfhundert Florin vermacht hat. Damit haben seine Probleme ein Ende.

Nach Abschluss der Sichtung ist die Bibliothek in einem heillosen Durcheinander, es wird einen weiteren Monat dauern, um die Bücher wieder in Ordnung zu bringen. Der Kanonikus will sich damit Zeit lassen. Also unterzeichnet Guglielmo einen Passierschein für fünf große Holzkisten, in welche die Bücher für die Vatikanische Bibliothek gepackt werden sollen, und versieht ihn mit dem Siegel des Kardinals Cybo. Nachdem er seinen Freund, den Kanonikus, mit dem Versprechen im Palazzo zurückgelassen hat, dass dieser ihm den Schlüssel zurückgeben wird, sobald die Bücher in die Kisten gepackt und in der Bibliothek abgeliefert wurden, nimmt er seinen Unterricht an der Universität wieder auf.

Eines Morgens fragt ihn Kardinal Cybo nach der Beichte, ob die Sichtung der Bücher abgeschlossen sei.

«Meinen Teil habe ich getan. Vor drei Tagen habe ich einen Passierschein für fünf Kisten mit Eurem Siegel unterzeichnet.»

«Wisst Ihr, ob der Kanonikus seine Arbeit beendet hat?»

«Ich glaube nicht, denn wir hatten vereinbart, dass er mir danach sofort den Schlüssel zum Palazzo zurückerstatten würde.»

«Wollt Ihr hingehen, um nachzusehen, wie weit der Herr mit seiner Arbeit ist?»

Diese Beharrlichkeit verwundert Guglielmo. «Was macht Euch Sorgen?»

«Gestern Abend hat man mir mitgeteilt, dass die Kisten noch nicht in der Bibliothek angekommen sind.»

«Ich gehe sofort hin», sagt Guglielmo, der plötzlich äußerst beunruhigt wirkt.

Cybo bemerkt es. «Was befürchtet Ihr?»

«Dass der Kanonikus sich verletzt hat und jetzt womöglich allein im Palazzo ist, sich nicht bewegen kann und keine Hilfe bekommt. Würdet Ihr mich bitte von einem Eurer Hellebardiere begleiten lassen? Ich wäre Euch dankbar, vielleicht brauche ich ihn.»

Zuerst begibt sich Guglielmo zur Wohnung des Kanonikus, um dort nachzuforschen.

Der Diener antwortet ihm, er habe seinen Padrone seit drei Tagen nicht mehr gesehen, sei deswegen aber nicht besorgt, da der Kanonikus manchmal ein paar Tage und Nächte außerhalb seines Hauses verbringe.

Obwohl Guglielmo weiß, dass der Grund für dieses gelegentliche Verschwinden wahrscheinlich bei einer schönen Frau zu suchen ist, deren Ehemann außer Haus weilt, wächst seine Sorge. Er läuft zum Palazzo des verstorbenen Kardinal von Rouen, findet das Tor jedoch verschlossen. Der Hellebardier klopft immer wieder, niemand öffnet.

«Wollen wir einen Schmied holen?», fragt der Hellebardier.

Doch Guglielmo überlegt, dass es einen Zweitschlüssel geben muss, den höchstwahrscheinlich Don Humet, der ehemalige Sekretär des Kardinals, besitzt. Er nennt dem Hellebardier die Adresse des Sekretärs und trägt ihm auf, diesen sofort mit den Schlüsseln kommen zu lassen.

Er selbst wartet in großer Anspannung vor dem verschlossenen Tor.

Eine knappe Stunde später öffnet der vom Laufen noch keuchende Sekretär mit dem Ersatzschlüssel.

Guglielmo stürzt sofort in die Bibliothek. Der Kanonikus

ist weder im ersten noch im zweiten Saal. Die Unordnung ist unbeschreiblich, überall ragen aufeinandergestapelte Kodizes zu schwankenden Türmen auf, in den Ecken häufen sich staubige Papyri, Folioblätter liegen auf dem Boden verstreut ... Doch die fünf Holzkisten sind nirgendwo zu sehen.

Das ist in gewisser Weise beruhigend, es bedeutet, dass die Bücher aus dem Palazzo gebracht wurden, und ...

Plötzlich fühlt er sich einer Ohnmacht nahe.

Aus dem Augenwinkel hat er ganz oben auf einem Stapel eines der Werke erblickt, die er für die Schenkung an die Vatikanische Bibliothek ausgesucht hatte.

Ihm kommt eine entsetzliche Vorahnung.

Er geht zu dem Stapel, entdeckt weitere Werke. Kein Zweifel, sie sind alle noch hier, der Kanonikus hat sie nicht wegschaffen lassen.

Aber was hat er dann in die fünf Kisten gepackt?

Guglielmo sinkt auf einem Stuhl zusammen.

«Befindet Ihr Euch nicht wohl?», fragt Don Humet, der besorgt herbeigeeilt ist.

Guglielmo schaut ihn aus erloschenen Augen an. «Ich fürchte, dass ...» Er spricht nicht weiter. Trocknet sich die schweißnasse Stirn. «Wisst Ihr, was der Kardinal hier in seinem römischen Palazzo noch aufbewahrte?»

«Natürlich. Hier befindet sich auch seine große Sammlung kostbaren Silbergeschirrs, die berühmteste Sammlung in ...»

«Wo ist sie?»

«In der oberen Etage. In einem Raum, der größer ist als dieser.»

«Geht nachschauen.»

«Aber ich habe keinen Schlüssel zu diesem Raum!»

«Geht trotzdem.»

Nach nicht einmal fünf Minuten kommt Don Humet zurück, die Augen springen ihm fast aus den Höhlen. «Die Tür wurde aufgebrochen! Sie haben alles mitgenommen! Alles!»

Und er sinkt ohnmächtig zu Boden.

Augenzeugen berichten, dass sie vor drei Tagen um die Mitte des Nachmittags beobachtet haben, wie der Kanonikus de' Massimi das Beladen eines Karrens mit fünf schweren Holzkisten überwachte, das der Fuhrmann selbst mit Hilfe dreier, vom Kanonikus an Ort und Stelle verpflichteter Männer besorgte.

Dann sei der Kanonikus auf den Karren gestiegen und habe sich neben den Fuhrmann gesetzt, den er Luigino nannte und gut zu kennen schien, worauf sie seelenruhig abfuhren, ohne auffällige Eile an den Tag zu legen.

Andere Zeugen sagen aus, sie hätten den Karren mit den fünf Kisten in Richtung des Ponte Mollo fahren sehen.

Die Wachen am Stadttor sagen, dass sie den Passierschein kontrolliert und alles in Ordnung gefunden hätten.

«Habt Ihr die Kisten geöffnet?»

«Dazu waren wir nicht berechtigt, mit dem gültigen Passierschein konnten sie sich ausweisen.»

«Haben sie Euch gesagt, was die Kisten enthalten?»

«Ja. Bücher.»

Auf der Via Flaminia verlieren sich die Spuren des Karrens, der Kisten, des Fuhrmanns und des Kanonikus endgültig.

Schätzwert der Silbersammlung: über dreißigtausend Dukaten. Eine ungeheure Summe.

Kardinal Lamura, der für die inneren Angelegenheiten zuständig ist, befragt auch Guglielmo, allerdings mit großem Respekt und Takt. Es ist gefährlich, sich gegen einen Mann zu stellen, der bei Kardinal Cybo so gut angeschrieben ist.

«Ich gestehe nur eine Schuld ein», sagt Guglielmo. «Dass ich dem Kanonikus vertraut habe und das Einpacken der Bücher und ihren Transport in die Bibliothek nicht persönlich überwacht habe. Doch wer hätte gedacht, dass sich in dem Kanonikus eine so abscheuliche Seele verbarg? Als ich erkannte, dass er uns alle betrogen hat, wäre ich fast ... Meinen Zustand können der Hellebardier und der Sekretär Don Humet bezeugen.»

Um weiterem Ärger vorzubeugen, lässt Kardinal Cybo das Gerücht in Umlauf bringen, dass sein Schützling vor einiger Zeit eine beträchtliche Erbschaft aus Sizilien erhalten hatte und daher gegen Versuchungen gefeit war.

Von dem Silber und vom Kanonikus de' Massimi wird man nie mehr etwas hören.

Vier

Eine Woche vor dem vereinbarten Tag, an dem Guglielmo das Darlehen zurückerstatten muss, steht ein Bauer vor dem Haus des Geldverleihers Samuele Di Porto. An einem Strick zieht er einen räudigen Esel hinter sich her. Mit heiserer Stimme und bäuerlichem Tonfall preist der in Lumpen gekleidete Bauer die Frische und den guten Geschmack der Schafskäse an, die er in der Stadt verkaufen will.

Plötzlich steckt der Bauer den Kopf durch die Tür zu dem Raum, in dem Samuele gewöhnlich seine Kunden empfängt. An diesem Morgen ist noch keiner gekommen.

«Ich brauche nichts!», ruft Samuele hinter dem Tischchen, das ihm als Schreibtisch dient.

Aber das kümmert den Bauern nicht. Er tritt ein und bleibt vor Samuele stehen. Der Geldverleiher rümpft die Nase, verzieht das Gesicht zu einer angewiderten Grimasse, denn der Eindringling verströmt einen grässlichen Gestank nach saurer Milch.

«Geht!», droht Samuele.

Der Bauer scheint taub zu sein, er rührt sich nicht von der Stelle. «Wär nicht gut für Euch», sagt er.

«Warum nicht?»

«Weil ich komm, Euch das Geld wiederzugeben, was Ihr Raimondo Della Seta geliehen habt.»

In seiner Verblüffung kann Samuele sich nicht einmal mehr fragen, aus welchem Teil der römischen Campagna der Mann kommen mag, da hat der schon den Sack von seiner Schulter genommen, ihn geöffnet und den Inhalt auf den Tisch geschüttet. Über den Daumen gepeilt schätzt der Geldverleiher, dass ihm damit alles zurückerstattet ist, die Zinsen eingeschlossen.

Der Bauer hängt sich den leeren Sack wieder über die Schulter und macht Anstalten zu gehen.

«Wartet, ich hole das Pfand.»

«Nein. Sollt Ihr noch behalten. Raimondo wird kommen, wenn er will, und es abholen.»

Doch Guglielmo hat in diesen Tagen sehr viel zu tun. Eine Gesandtschaft aus Äthiopien ist angekommen, und der Papst hat Kardinal Cybo beauftragt, sie zu empfangen und ihre Wünsche anzuhören.

Also muss Guglielmo Empfehlungsschreiben, Bescheinigungen und andere Dokumente aus dem Aramäischen übersetzen und außerdem bei den direkten Gesprächen als Dolmetscher dienen. Diese ziehen sich bis in den Abend hin, darum hat er keine Zeit, das Pfand abzuholen. Aber es gibt keinen Grund, sich Sorgen zu machen, Samuele hat sein Geld mit dem vereinbarten Aufschlag bekommen und wird sich an die Abmachung halten. So ist es guter Brauch bei den Kunden wie bei den Geldverleihern.

Doch kaum sind die Äthiopier wieder abgereist, wird er von Kardinal Cybo gebeten, sich für ein paar Tage nach Viterbo zu begeben, um dort eine heikle Aufgabe zu erfüllen.

Dem Kardinal ist das Gerücht zugetragen worden, dass ein mit ihm befreundeter Prälat, eine sehr einflussreiche Persönlichkeit, die im Ruf einer strengen Moralauffassung und keuschen Lebensführung steht, sich plötzlich rasend in die Tochter eines in Viterbo ansässigen Adeligen, des Conte Landolfi, verliebt hat.

Dieser, ein Feind von Cybos Anhängern, hat seine Tochter mitnichten den Avancen des Prälaten entzogen, stattdessen sorgt er nach Kräften dafür, dass der Geistliche Chancen auf Erfüllung seiner Sehnsüchte sieht. Ganz offensichtlich hat Landolfi die Absicht, den Prälaten in eine Falle zu locken, um einen großen Skandal heraufzubeschwören.

Die Mission dauert länger als erwartet, gut zehn Tage vergehen, bevor Guglielmo den Prälaten wieder zu Vernunft bringen kann. Da sein Ruhm auch nach Viterbo gelangt ist, muss er obendrein am Sonntag vor einer Menschenmenge predigen, die die Kirche nicht mehr zu fassen vermag.

Er kehrt nach Rom zurück, und obwohl ihn seit einigen Tagen ein leichtes Fieber plagt, legt er am folgenden Abend elegante Gewänder an, setzt einen mit Federn geschmückten Hut auf und begibt sich zum Geldverleiher. Für den Weg hat er eine unscheinbare Kutsche genommen.

«Erkennt Ihr mich?»

«Natürlich.»

«Habt Ihr bekommen, was Euch zustand?»

«Ja.»

«Dann gebt mir meinen Teil zurück.»

Der Geldverleiher schüttelt den Kopf. «Ihr hättet mich von Eurem Besuch benachrichtigen müssen.»

«Warum?»

«Weil Eure Sache sehr wertvoll ist und ich sie in Sicherheit gebracht habe.»

«Dann muss ich wiederkommen?»

«Wenn Ihr mir sagt, wo Ihr wohnt, kann ich selbst …»

«Ich komme lieber wieder bei Euch vorbei.»

Doch in derselben Nacht wird das leichte zu einem hohen Fieber.

Als es endlich sinkt, ist Guglielmo völlig erschöpft und kraftlos.

Zum ersten Mal in seinem Leben verspürt er das Bedürfnis, eine Weile allein zu sein, darum schickt er Kardinal Cybo ein Billett, um ihm zu sagen, dass er ein paar Tage Ruhe braucht, und entlässt die Dienerschaft und seine beiden Knaben für eine Woche. Einer der beiden, Claudio, wird jedoch verpflichtet, ihn zweimal am Tag aufzusuchen, am frühen Morgen, um einzukaufen und etwas zu kochen, und am Abend für den Fall, dass Guglielmo Lust auf ihn hat. Damit Guglielmo nicht aus dem Bett aufstehen muss, um ihm die Tür zu öffnen, schlüpft Claudio durchs Küchenfenster, das angelehnt bleibt, so dass es geschlossen scheint. Doch ein leichter Stoß genügt, um es weit zu öffnen.

Eines Morgens in aller Frühe wird Guglielmo durch ein beharrliches Klopfen geweckt.

Er war gerade eingeschlafen, nachdem er die Nacht in einem zermürbenden Halbschlaf verbracht hatte, jetzt hat er starke Kopfschmerzen. Er beschließt, so zu tun, als hätte er nichts gehört. Doch das Klopfen geht weiter.

Ihm kommen Bedenken. Und wenn es ein Bote des Kardinals ist, der ihn dringend braucht? Ihn unverrichteter Dinge gehen zu lassen, wäre eine Rücksichtslosigkeit, die sich nicht rechtfertigen ließe.

Er steht auf, friert, legt sich eine Decke um und geht öffnen.

Vor ihm steht ein Mann, den er noch nie gesehen zu haben meint.

«Was wollt Ihr?»

Der Mann grinst, antwortet aber nicht.

«Wer seid Ihr?»

«Ich bin Samuele Di Porto.»

Wer soll das sein? Schlagartig erstarrt er. Es ist ihm wieder eingefallen. Der Geldverleiher! Sofort ist sein Geist hellwach und klar, beginnt wie rasend zu arbeiten.

«Tretet ein.»

Bevor er die Tür schließt, späht er hinaus in die Gasse. Sie ist menschenleer. Gott sei Dank.

«Setzt Euch.»

Samuele, der Guglielmo keine Sekunde lang aus den Augen lässt, ein verschlagenes Lächeln verzieht ihm den Mund, gehorcht, indem er seinen Hut abnimmt und ihn auf den Tisch legt.

«Bringt Ihr mir das Pfand zurück?»

Es ist zwecklos, Zeit damit zu verschwenden, den Mann zu fragen, wie er herausgefunden hat, wer Guglielmo wirklich ist und wo er wohnt. Er weiß aus eigener Erfahrung, wie schlau die Juden sein können.

«Nein.»

So wie die Dinge bis jetzt gelaufen sind, hat Guglielmo diese Antwort erwartet. Müde unterzieht er sich einem schleppenden Dialog, bei dem er alle Antworten des anderen schon kennt.

«Und warum nicht? Euer Geld ist Euch mitsamt Zinsen zurückerstattet worden, oder nicht?»

«Das leugne ich nicht, doch ... wisst Ihr, jetzt müsst Ihr das Pfand persönlich auslösen.»

«Ist es denn nicht schon ausgelöst worden?»

«Nur teilweise. Nun, da ich weiß, wer Ihr seid, haben sich die Zinsen erhöht.»

Der Mann ahnt es nicht, aber er spricht die letzten Worte seines Lebens. Blitzschnell packt Guglielmo den schweren Bronzekandelaber, der in Reichweite auf dem Tisch steht, und schleudert ihn dem Wucherer mit seiner ganzen, durch die Wut verdoppelten Kraft mitten ins Gesicht.

Ohne einen Laut von sich zu geben, breitet Samuele die Arme aus und stürzt mitsamt dem Stuhl rückwärts zu Boden. Guglielmo ist über ihm, hat wieder den Kandelaber in der Hand, schlägt weiter auf ihn ein, zerschmettert seinen Kopf, dass ihm das Blut ins Gesicht spritzt.

Er würde immer weiter zuschlagen, alles zu Brei stampfen, einen roten Nebelschleier vor den Augen, ein lautes Dröhnen im Kopf, wenn im Zimmer nicht plötzlich ein gellender Schrei ertönen würde.

Guglielmo hält inne, den Arm hocherhoben, in der Hand den bluttriefenden Leuchter. Er dreht sich um.

Auf der Türschwelle zur Küche steht Claudio mit weit aufgerissenen Augen, zitternd.

Mühsam macht Guglielmo einen Schritt auf den Jungen zu. Doch der wendet sich um und flieht in die Küche. Als Guglielmo dort ankommt, ist Claudio nicht mehr da, er ist aus dem Fenster gesprungen. Guglielmo beugt sich aus dem Fenster, der Junge rennt wie ein Hase davon, er ist schon am Ende der Gasse angelangt. Er kann ihn unmöglich verfolgen, blutverschmiert wie er ist.

Du konntest nicht anders handeln, sagt er sich. Dieser Wucherer wäre zu einem Blutsauger geworden, er hätte deine ganze Zukunft gefährdet. Seine Zukunft? Welche Zukunft kann er denn jetzt noch haben? Nein, er hätte sehr gut anders handeln können. Der Geldverleiher musste umgebracht werden, daran ist nicht zu rütteln, aber nicht auf so dumme Art und Weise. Das Einzige, womit er sich rechtfertigen kann, ist, dass die schlaflose Nacht ihm den Verstand getrübt hat.

Auf jeden Fall ist keine Zeit zu verlieren. Wie lange wird

Claudio widerstehen, bevor er weinend zu den Sbirren läuft, um Guglielmo zu verraten?

Er betrachtet den Toten. Samuele hat ungefähr seine Statur. Die Jacke mit dem Kennzeichen seiner Zugehörigkeit zum Volk der Juden und die Hose sind seltsamerweise ohne Flecken.

Da kommt ihm die Idee, sich zu verkleiden. Eine gute Verkleidung kann einer Flucht zum Erfolg verhelfen.

Eilig entkleidet er den Leichnam, zieht seine Sachen an. Der Hut des Geldverleihers liegt noch auf dem Tisch. Er passt genau. Dann läuft er auf den Dachboden, am Fuß eines Balkens ist ein Loch, in dem er dreitausend Dukaten versteckt hat, sein Anteil am Erlös aus dem Diebstahl des Silbergeschirrs, den sein Komplize, der einstige Kanonikus Bernardo de' Massimi, ihm auf verschlungenen Wegen hat zukommen lassen.

Zuletzt steckt er sich die Schreiben des Papstes in die Tasche, mit denen ihm die Lehrstühle übertragen wurden.

Keinen Augenblick lang blickt er zurück, um noch einmal all das zu betrachten, was er für immer verliert.

Eilig verlässt er das Haus und wird fast von einer Kutsche überfahren, die mit großer Geschwindigkeit durch die Gasse fährt.

«Aus dem Weg, Scheißjude!», brüllt ihn der Kutscher an.

Der Mord wird zufällig in den frühen Nachmittagsstunden entdeckt. Claudio, der Dienstbursche, hat seinen Padrone nicht angezeigt und wird es nie tun, vielleicht weil seine Familie ihm davon abgeraten hat, schließlich lehrt ja die Erfahrung, dass man immer verliert, wenn man sich gegen die Mächtigen stellt.

Es wird ein Bittsteller sein, einer, der Guglielmo um einen Gefallen bitten wollte und sich, als er das Tor halb geöffnet sieht, ins Haus hineinwagt und den Toten entdeckt.

Zunächst sind alle überzeugt, dass der arme Guglielmo einem Verbrechen zum Opfer fiel, weil sich im Haus keine Spur von ihm findet. Man vermutet daher, dass er entführt wurde. Die Tatsache, dass dem Unbekannten, dessen Kopf mit dem Kandelaber zermalmt wurde, den Guglielmo zu seiner Verteidigung benutzte, Jacke und Hose fehlen (übrigens ein Jude, wie seine Beschneidung zweifelsfrei bezeugt), wird dem Komplizen zugeschrieben, den er bei sich gehabt haben muss und der sich seiner Kleider bemächtigt hat, weil sie noch in gutem Zustand waren.

Auch der Umstand, dass aus dem Haus nichts fortgeschafft wurde, wie die Dienerschaft beteuert, wird mit unvorhergesehenen Schwierigkeiten erklärt, die den überlebenden Dieb und Entführer zur Flucht gezwungen haben. Vielleicht hat er Guglielmo als Geisel mitgenommen.

Doch allen springt ins Auge, dass diese Rekonstruktion des Geschehens weder Hand noch Fuß hat. Allein Kardinal Lamura scheint zur allseitigen Verwunderung geneigt, sie zu akzeptieren. Nicht weil er von ihrer Triftigkeit überzeugt wäre, sondern weil es seiner Ansicht nach umso besser ist, je weniger Aufsehen um diese Angelegenheit gemacht wird. Außerdem wittert er in der Sache etwas Unsauberes, Faules, das niemandem nützen würde, wenn es ans Tageslicht käme.

Wer sie hingegen nicht akzeptieren will, ist Kardinal Cybo, der seine persönliche Sicht der Dinge hat. Für ihn handelt es sich um eine grausame, planvolle Rache der Juden an Guglielmo. Der hat einen seiner Entführer, die mindestens zu dritt waren, getötet, musste sich aber zuletzt ihrer Übermacht ergeben. Wenn Guglielmo inzwischen nicht umgebracht und in den Tiber geworfen wurde, was sehr wahrscheinlich ist, wird er sicherlich in einem Haus im Ghetto gefangen gehalten.

Cybo kann den Papst auf seine Seite ziehen. Und so ist Kardinal Lamura genötigt, eine große Durchsuchungsaktion sämtlicher Wohnungen der Juden von Rom anzuordnen.

Dabei taucht die Altartafel auf, die, wie man weiß, Kardinal Cybo gehörte und von diesem Guglielmo zum Geschenk gemacht wurde.

Im Verhör erklärt die Frau von Samuele Di Porto, dass ihr Mann seit mehreren Tagen nicht nach Hause gekommen ist und dass sie nicht das Geringste von seinen Geschäften weiß.

Also befiehlt Kardinal Lamura, den Leichnam des Unbekannten, der inzwischen auf dem jüdischen Friedhof begraben wurde, exhumieren zu lassen und der Frau zu zeigen. Diese erkennt ihren Mann an den Strümpfen, die er trägt, weil sie sie gestrickt hat.

Kardinal Cybo grübelt. Warum musste Guglielmo sich an einen Geldverleiher wenden, wenn er von dem Erbe einer sizilianischen Adeligen leben konnte? Er selbst hat ihm doch den Brief des Priors von Catania gezeigt, der die Nachricht von der Erbschaft enthielt!

Doch der Zweifel hat sich bereits eingenistet. Cybo schreibt an den Prior, welcher sofort antwortet, er habe sich nie veranlasst gesehen, Guglielmo einen solchen Brief zu schreiben.

Trotzdem bleiben schwerwiegende Fragen. Warum sollte Guglielmo den Geldverleiher getötet haben? Zumal im eigenen Haus?

Jetzt gewinnen der gesunde Menschenverstand und die Vorsicht von Kardinal Lamura die Oberhand. Es ist klüger, nicht weiter nachzuforschen, man läuft Gefahr, auf böse Überraschungen zu stoßen, die den Skandal nur größer machen würden.

Die Akten über den Mord werden archiviert und an einem

Ort untergebracht, den nur sehr wenige kennen, Guglielmo wird aller Ämter enthoben, die er bis jetzt bekleidet hat.

An die Sbirren ergeht vorsichtshalber der Befehl, ihn nicht zu suchen und ins Gefängnis zu werfen, sondern ihn lediglich in Ketten zu legen, wenn sie zufällig auf ihn stoßen sollten.

Es ist jedoch äußerst unwahrscheinlich, dass die Wachen des Papstes ihm zufällig begegnen. Denn Guglielmo nutzt die Zeit, die ihm gewährt wird, bis sich die Umstände des Mordes aufklären lassen, indem er versucht, eine so große Entfernung zwischen sich und Rom zu legen wie irgend möglich.

Seine Flucht ist lang und für die damalige Zeit sehr schnell. Sie führt ihn in den äußersten Norden Europas, nach Irland, wenigstens behauptet er das. Er hat auch daran gedacht, seinen Namen zu ändern, jetzt nennt er sich Guglielmo di Sicilia, erklärt sich aber offen zu einem Juden von Geburt. Die ganze Geschichte seiner Konversion, seiner Heldentaten zum Schaden seines ehemaligen Volks und der in Rom empfangenen Ehren verschweigt er sorgfältig, in der Hoffnung, das alles würde so schnell wie möglich in Vergessenheit geraten.

Er weiß sehr wohl, dass ihm jede Möglichkeit, wieder in die Reihen der Christen aufgenommen zu werden, verwehrt ist, paradoxerweise hat er sich diesen Weg selbst versperrt, als er eigenhändig einen Juden tötete. Diejenigen, die in seinem Auftrag umgebracht, in seinem Namen gemeuchelt wurden, nämlich aufgrund seiner Worte, hat man ihm hingegen alle als Verdienst angerechnet. Also kann er sich ebenso gut zu dem bekennen, der er ist, und die unfreiwillige Rückbesinnung auf seine Herkunft so gut nutzen wie möglich.

Aber ist er wirklich in Irland gewesen? Den einzigen, ziemlich fragwürdigen Beweis liefert er selbst, als er Pico Jahre später erzählen wird, er habe mit eigenen Augen gesehen, wie fliegende Geschöpfe, halb Küken, halb Vogel, aus den Blättern eines höchst sonderbaren Baumes geboren wurden, der mitten im Wasser wächst. Ein unerklärliches Phänomen, das gegen die grundlegendsten Gesetze der Natur verstößt.

Doch diese phantastische Geschichte könnte Guglielmo in der *Topographia Hibernica* gelesen haben, die schon seit 1188 in Europa bekannt war. Ihr Verfasser war ein Geistlicher, Giraldus Cambrensis oder Gerald de Barri, Archidiakon einer Diözese in Südwales.

Im ersten Teil der Abhandlung, «Beschreibung von Irland», gibt es ein kleines Kapitel mit der Überschrift «Von den Barnacle-Gänsen, welche aus dem Tannenbaum geboren werden, und ihrer Eigenart». Es bildet eindeutig die Grundlage für das, was Guglielmo Pico erzählt.

«Auch gibt es hier viele Vögel, Barnacle-Gänse genannt, welche die Natur wider die Natur auf eine erstaunliche Weise zur Welt kommen lässt. Sie gleichen den Sumpfgänsen, sind jedoch kleiner. Erst quellen sie wie Harz aus den Baumstämmen hervor, die von den Wassern mitgerissen wurden. Sodann bleiben sie mit dem Schnabel an den um das Holz geschlungenen Algen hängen und werden von einer Muschel umschlossen, die ihnen gestattet, sich ungehindert zu entwickeln. Ist ihnen mit der Zeit dann ein dichtes Federkleid gewachsen, fallen sie entweder ins Wasser oder erheben sich zum Flug in die Freiheit der Lüfte. Ihre Fortpflanzungsweise ist überaus geheimnisvoll und wunderlich, Nahrung und Wachstum verdanken sie den Säften des Holzes und des Wassers. Oftmals sah ich mit eigenen Augen mehr als tausend dieser kleinen Vogelkörper an einem Baumstamm am Ufer hängen, wo sie, eingeschlossen in ihre Muschel, schon vollends ausgebildet waren.

Diese Vögel legen nach der Begattung keine Eier, wie es normalerweise geschieht, auch nisten sie nicht, um sich fortzupflanzen. In keinem einzigen Winkel der Erde sieht man sie mit der Balz oder mit dem Nestbau beschäftigt.

Das ist der Grund, warum Bischöfe und Ordensleute in gewissen Gegenden Irlands diese Tiere während der Fastenzeit unbesorgt zu essen pflegen, als wären sie nicht aus Fleisch, da sie ja nicht vom Fleisch gezeugt wurden.»

Das Kapitel endet – fast sieht es nach Absicht aus – mit einer Aufforderung an die Juden, sich eines Besseren zu besinnen und den christlichen Glauben an die Geburt Jesu anzuerkennen.

Was Giraldus in Wirklichkeit sah, war eine Kolonie von *Lepas anatifera*, Muscheln, die sich mit Hilfe eines Stiels an faulende Baumstämme heften. Dass die irischen Bischöfe und Ordensleute echte Gänse als Barnacle-Muscheln ausgaben, um in Zeiten des strengen Fastengebots Fleisch essen zu können, müssen sie selbst mit ihrem Gewissen ausmachen.

Es sei noch daran erinnert, dass der Kleriker Giraldus Cambrensis just wegen dieses Traktats öffentlicher Schande anheimfiel, weil er sich der Zweideutigkeit und Widersprüchlichkeit schuldig gemacht hatte, wie die unvermeidlichen theologischen und ideologischen Folgen beweisen, die jenes mit sich brachte.

Kurzum, zwischen dem Waliser und dem Sizilianer bestand eine Wahlverwandtschaft, weshalb die Vermutung, Guglielmo habe Kenntnis von dessen Werk gehabt, nicht zu weit hergeholt erscheint.

Er erzählt Pico, er sei auch in Flandern gewesen, doch er erinnert sich an diese Gegend nur, weil er einmal davon geträumt hat. Zu wenig.

In Deutschland jedoch, wohin er 1485 ging, hinterließ er greifbare Spuren. Offenbar verdiente er sich seinen Lebensunterhalt, indem er übersetzte und die Sprachen unterrichtete, die er beherrschte.

Rodolphus Agricola, Griechisch- und Lateinlehrer in Heidelberg, von Erasmus geschätzt, Vater des deutschen Humanismus genannt, war von Guglielmos Persönlichkeit fasziniert und bezeugte, dieser sei «ein großer Kenner aller Sprachen, Latein, Griechisch, Hebräisch, Chaldäisch und Arabisch, außerdem ein Theologe, Philosoph und Dichter, kurzum, in jeder Hinsicht außergewöhnlich».

Konrad Summenhart, Professor für Theologie in Tübingen, schrieb, er sei sein Schüler gewesen, und lobte seine Talente. Er erwähnte auch, dass Guglielmo kabbalistische Werke für den Papst übersetzt hatte.

Was trieb Guglielmo dazu, nachdem er ein knappes Jahr im Exil verbracht hatte, nach Italien zurückzukehren?

In Deutschland, wo er Ehrungen und Anerkennungen für seine umfassende Bildung erhielt, hätte er ungestört im Wohlstand leben können.

Stattdessen trieben ihn die Unruhe, die Lust am Wagnis, der unbezwingliche Wunsch, eine neue Maske anzulegen, eine neue Metamorphose zu leben, unseligerweise dazu, abermals die Alpen zu überqueren.

Ich werde versuchen, so plausibel wie möglich zu erklären, natürlich auch mir selbst, welche verborgenen Gründe, welche inneren Motive meine Figur bewogen haben, als Guglielmo Raimondo Moncada Taten zu begehen, von denen einige historisch belegt sind, andere hingegen nicht.

Alle, die sich auf die eine oder andere Weise mit Samuel-Guglielmo-Flavio beschäftigt haben, begnügen sich damit zu berichten, dass Samuels Taufpate Conte Guglielmo Raimondo Moncada war, der ihm auch seinen Namen als Christ gab. Die Historiker schreiben, dass dies beim Adel jener Zeit ein durchaus üblicher Brauch war. Doch in Wirklichkeit finden sich höchstens drei oder vier Beispiele für diesen Brauch, von denen einige übrigens auf die Zeit des Normannenkönigs Roger zurückgehen. Zahlreicher und gut dokumentiert sind dagegen die Fälle, in denen hochrangige Verwaltungsbeamte, wie Notare und Protonotare oder Stadtrichter, sich als Taufpaten zur Verfügung stellten. Daraus ergibt sich zwangsläufig eine Frage, die mir nicht nebensächlich erscheint: Wer bewog den Conte von Aderno, Taufpate dieses Samuel zu werden, eines Menschen, der ihm völlig unbekannt war? Wer hatte eine so vertraute Beziehung zu ihm? Man bedenke, dass der Conte in Sizilien Gran Maestro di Giustizia war, der zweitmächtigste Mann nach dem Vizekönig. Und er neigte nicht zu Gefälligkeiten. Der Prior der Karmeliter hätte mit der Bitte um die Patenschaft an ihn herantreten können, aber in diesem Fall hätte der Conte sich wohl auf das Nötigste beschränkt, anstatt dem Neophyten auch noch die große Ehre zu erweisen, in gewisser Weise Teil seiner Familie zu werden.

Meine Vermutung als Erzähler, nämlich die einer direkten Bekanntschaft zwischen dem Conte und Samuel, die sich zufällig ergab, vom Konvertiten aber geschickt genutzt wurde, erscheint mir durchaus schlüssig. Denn so wird der Conte, wenn er Samuel seinen eigenen Namen gibt, nicht nur sein Taufpate, sondern sogar der Ersatz für den leiblichen Vater, und damit sehr viel mehr als nur ein Beschützer, nämlich derjenige, den der Neophyt in allen widrigen Situationen um Hilfe bitten kann.

Nur mit Unterstützung des Conte kann Guglielmo sich gegen die Karmeliter durchsetzen, die erwarten, ja verlangen, dass er sich sofort zum Priester weihen lässt und in den Dienst der Kirche stellt.

Guglielmos Aufenthalt in Neapel wurde sicher nur dank des entschlossenen Eingreifens seines Taufpaten möglich, dem die Karmeliter sich wider Willen, zumindest dem Anschein nach, beugen mussten. Und nur durch die Autorität des Conte erklärt sich der Beitrag einiger adeliger Familien und nicht mit der Kirche verbundener Institutionen zu Guglielmos Lebensunterhalt in Neapel.

In seinem lesenswerten *Wahren Bericht über Leben und Taten des Giovanni Pico della Mirandola* entwirft Giulio Busi auch eine Art parallele Biographie von Picos Hebräischlehrer Flavio Mitridate und behandelt dessen sämtliche Verwandlungen, ausgehend von Samuel ben Nissim über Guglielmo Raimondo Moncada bis zu Mitridate. Busi ist überzeugt, dass Guglielmo wirklich mit der Absicht, Arzt zu werden, nach Neapel gegangen ist.

«Nicht dass ihm viel an der Medizin gelegen hätte, doch ein guter Arzt zu werden war schon immer ein sicherer Weg zum Erfolg, zumindest für die Juden. Und ob er wollte oder nicht, er blieb doch ein abtrünniger Jude.»

Aber bot sich der sichere Weg zum Erfolg für Guglielmo nicht schon in Sizilien, indem er Priester wurde? Wo doch der gesamte Klerus Siziliens nichts anderes erwartete als diesen Schritt, um ihm Würden und Pfründe zu gewähren? Warum ihn mindestens zwei Jahre hinauszögern? Warum den sicheren Weg für den unsicheren aufgeben? Nein, ich glaube wirklich, was Guglielmo bewog, eine Zeitlang in Neapel zu leben, war die Tatsache, dass diese Stadt mit ihren fast hunderttausend Einwohnern «einer Karawanserei» ähnelte, wie Busi schreibt: «Fürsten und Habenichtse, große Gelehrte und Betrüger, außerdem all diese Schneiderlinge, Pantoffelmacher, Lederarbeiter, Lumpenhändler, Sattler, Gerber, Maßnehmer, Rüschendreher und Putzmacher im Dienst des Hofs und der Adeligen ... »

In ebendieser Karawanserei will Guglielmo sich die Menschenkenntnis verschaffen, die er bis dahin nicht erwerben konnte.

Und das Versiegen der aus Sizilien kommenden Gelder, die ihm das Leben in Neapel ermöglichten, lässt sich nur als ein Sieg der Karmeliter erklären, die wer weiß wie oft großen Druck auf seine Mäzene ausgeübt haben müssen, damit diese ihm keinen Heller mehr schickten und so das verlorene Schaf zwangen, in den Stall zurückzukehren.

Mehrere Historiker behaupten, dass Guglielmo, zurück in Sizilien, nur die niederen Weihen empfing. Was bedeutet, dass ihm die Priesterwürde, das eigentliche Leitungsamt einer Kirche, nie verliehen wurde. Mit anderen Worten, Guglielmo durfte weder die Beichte abnehmen noch die Messe lesen oder predigend das Evangelium verkünden.

Viele der Ämter, die ihm ad honorem verliehen wurden, war er also gar nicht auszuüben befugt, und das war es, was den Unwillen im Bistum von Girgenti hervorrief, der so groß wurde, dass er sich in Taten entlud. Streng genommen stellte auch die Predigt über die Passion Christi, die er am Karfreitag vor dem Papst hielt, einen Missbrauch dar.

Dass seine Predigten gegen die Juden die Gläubigen zu Pogromen ante litteram angestiftet haben, ist nicht bewiesen. Freilich hatte es schon früher Pogrome in Sizilien gegeben, und es gab sie weiterhin. Der Historiker Picone schreibt, dass das Volk, wenn es von den Priestern aufgehetzt wurde, oftmals gegen die Juden losstürmte und «sehr viele» dabei umkamen.

Picone berichtet auch von «einem Büchlein, geschrieben in hebräischer Sprache, darin die grundlegenden Wahrheiten unserer Religion bestritten wurden». Diese Schrift habe nach dem aufsehenerregenden Erfolg, den Guglielmo bei dem Streitgespräch vor König Giovanni errungen hatte, in Girgenti die Runde gemacht.

Picone fällt nicht im Traum ein, dass der Verfasser der Schmähschrift ausgerechnet Guglielmo gewesen sein könnte. Er wollte König Giovanni damit zu dem Entschluss bewegen, die Zerstörung der Mezquita von Girgenti zu befehlen und ihn als den neuen Adressaten der einhundert Florin Jahresrendite einzusetzen.

Doch Guglielmo ist der Einzige in Girgenti, der diese Schmähschrift verfassen kann. Auf diese Weise kann er seine jüdische religiöse Bildung endlich im Verborgenen gegen die christliche nutzen.

Picone schreibt weiterhin, dass Guglielmo «in nicht geringem Maße zur Bekehrung sehr vieler beitrug». Es scheint, als hätte Picone nur jenes allgemeine «sehr viele» zur Verfügung, um die Anzahl sowohl der getöteten als auch der bekehrten Juden zu bestimmen.

Seltsamerweise führt er jedoch keinen einzigen der von Guglielmo konvertierten Juden namentlich auf, während er die

Namen von Juden erwähnt, die durch andere Personen zum christlichen Glauben bekehrt wurden.

In Anbetracht dieser Lage der Dinge gebot mir die erzählerische Logik, Guglielmo nach dem Präzedenzfall mit der anonymen Schmähschrift auch das inszenierte Schauspiel der falschen Bekehrungen zuzuschreiben.

Bei der Beschreibung seines Aufenthalts in Rom bin ich treu seinen Biographen gefolgt.

Was den spektakulären Raub des Silberschatzes des Kardinals von Rouen betrifft, habe ich mich an eine Vermutung von Busi gehalten: «Betrachtet man die Chronologie, lässt sich nicht ausschließen, dass Mitridate an dem von Bernardo de' Massimi verübten Diebstahl beteiligt war, obwohl es hierfür keine urkundlichen Beweise gibt.»

Ich habe außerdem versucht, allerdings auf meine Weise, den geheimnisvollen und sicherlich sehr schwerwiegenden Grund zu erklären, der ihn in Ungnade fallen ließ. Der Halbsatz, mit dem alle Historiker den Grund für seine Flucht erklären, lautet: «... *eine schwere Verfehlung begangen ...*» Doch sie können nicht einmal ansatzweise erklären, worin diese schwere Verfehlung bestand. Mit Sicherheit handelt es sich nicht um das weithin geächtete *verruchte Verbrechen* der Homosexualität, das wahrscheinlich erst während der Nachforschungen wegen des Mordes ans Licht kam. Und selbst wenn zuvor etwas durchgesickert sein mag, als Guglielmo auf dem Gipfel seines Erfolgs war, wäre dies keine so schwerwiegende Anklage gewesen, bedenkt man die Sitten der damaligen Zeit und das, was man über gewisse Umtriebe im Vatikan munkelte.

Aber was war es dann? Hören wir, was diejenigen, die sich mit Moncada beschäftigt haben, darüber sagen:

Starrabba schreibt: «Aus einem Brief des Vizekönigs vom 3. November 1483 geht hervor, dass Moncada, während er in Rom weilte, ein Verbrechen beging ...» Wenige Zeilen später präzisiert er: «Welches das Verbrechen war, das Moncada beging, vermag ich nicht zu sagen, da die zu diesem Zweck angestellten Nachforschungen im Vatikanischen Archiv, der einzigen Quelle, aus welcher ich in dieser Sache schöpfen konnte, sich als vergeblich herausstellten. Jedoch würde, wer vermutete, dass Moncada beschuldigt wurde, weiterhin den Lehren des jüdischen Glaubens anzuhängen, meiner Meinung nach kein allzu kühnes Urteil wagen.»

Besteht nicht aber ein großer Unterschied zwischen dem Verbrechen, das der vizekönigliche Brief andeutet, und der Schuld, den Lehren des jüdischen Glaubens anzuhängen, der Starrabba zuzuneigen scheint?

François Secret schreibt dazu: «... nach einem ungeklärt gebliebenen Verbrechen, höchstwahrscheinlich einem Mord, musste er Rom verlassen ...»

Giulio Busi wagt sich etwas weiter vor: «... wegen eines geheimnisvollen Verbrechens, in das er verwickelt war, einem Auftragsmord möglicherweise, war er gezwungen, Rom überstürzt zu verlassen ...»

Ein Historiker wie Saverio Campanini geht nicht über ein *vermutliches Verbrechen* hinaus, während Leonardo Sciascia felsenfest überzeugt ist, dass Moncada ein Mörder war.

Ich habe versucht, meine Figur vermittels der Erzählung dahin zu bringen, ein Verbrechen zu begehen, das aus Notwehr und im Affekt geschah. So ein Verbrechen ist das Töten des Geldverleihers, der ihn erpresst. Immerhin hatte ich ihm schon in seiner Jugend den Mord an einem Mann angelastet, der ihn berauben wollte. Das Motiv für diesen lang vergangenen Mord war ebenfalls Selbstverteidigung. Das zweite Verbrechen ergibt sich damit fast zwangsläufig aus dem ersten.

Den Aufenthalt in Deutschland wollte ich nicht mit den Mitteln erzählerischer Fiktion darstellen.

Ich kann aber nicht umhin, mit Leonardo Sciascia darin übereinzustimmen, dass das Verbindungsglied zwischen Guglielmo Raimondo Moncada und Flavio Mitridate ebenjener Guglielmo di Sicilia ist, der in Deutschland lebt und arbeitet.

In der zweiten Hälfte des 15. Jahrhunderts verbreitet sich in ganz Europa das Bedürfnis, wie Campanini schreibt, «einen Orient kennenzulernen, der immer komplexer erscheint. In diesem geistigen Klima suchte und fand Moncada seine Nische, indem er sich vor allem auf seine wirklichen und angeblichen Sprachkenntnisse und auf seine jüdische Bildung stützte.»

Mit anderen Worten, aus der inzwischen abgestorbenen Verpuppung des einstigen Verfolgers seines eigenen Volkes und des Mannes am vatikanischen Hof entsteht ein neues Geschöpf. Ein Humanist. Ein Gelehrter, der seine große Bildung demjenigen zur Verfügung stellen wird, der ihn bezahlt. Und der, nach Sciascia, das bestialische Antlitz des Humanismus repräsentiert. Doch darin war er gewiss nicht der Einzige.

3 Flavio Mitridate

Eins

Nach seiner Rückkehr aus den germanischen Nebeln ist Guglielmos erstes Ziel in Italien Ferrara.

Die Wahl ist alles andere als zufällig. Ohnehin hat er in seinem Leben nie etwas Zufälliges getan, allenfalls waren es Kausalitäten, die ihn beeinflusst, ihn gelenkt haben, und eine der wichtigsten Ursachen für sein Handeln ist sicherlich der in den Buchstaben seines ersten, seines Geburtsnamens, verborgene Doppelsinn, den ihm die Kabbala enthüllt hat.

Rodolphus Agricola, der Freund im deutschen Exil, hat ihm von dieser Stadt und ihrem herzoglichen Hof erzählt. Agricola hatte lange in Ferrara gelebt, wo er Schüler von Tommaso Gaza gewesen war, bei dem er die griechische Sprache gelernt hatte. Er bewahrte die Stadt in ausgezeichneter Erinnerung, noch immer hielt er brieflichen Kontakt zu guten Freunden in Ferrara, denen er Guglielmo wärmstens empfehlen konnte.

Friedlich lebte und gedieh dort eine große jüdische Kolonie, die reich und überdies gelehrt war. Höchst unwahrscheinlich, überlegt Guglielmo, dass seine einstigen Glaubensbrüder ihren grausamen sizilianischen Verfolger in ihm erkennen würden, selbst wenn das Echo der damaligen Geschehnisse bis nach Ferrara gedrungen war. Guglielmo wird von der guten Gesellschaft des Ortes sofort wohlwollend empfangen, weil er einen begeisterten Brief von Rodolphus Agricola als Visitenkarte vorweisen kann.

Doch obwohl sich ihm viele Türen öffnen, will er nicht lange in Ferrara bleiben. Nur so lange, wie er braucht, um das städtische Milieu geschickt als privilegierten Beobachtungsposten zu nutzen und herauszufinden, wie viel von seinen wenig ehrenwerten Taten über die Grenzen des Kirchenstaats hinaus durchgesickert ist, insbesondere aber, um sich über die nächsten Schritte klarzuwerden, die er unternehmen muss, um eine möglichst gutbezahlte Anstellung zu finden.

So kommt ihm zu Ohren, dass der Herzog von Urbino, Duca Federico da Montefeltro, der freundschaftliche, politische und geschäftliche Beziehungen zu Persien und seinem König unterhält, dessen Gesandte und Handelsvertreter er häufig empfängt, dringenden Bedarf nach einem Mann hat, der nicht nur Arabisch sprechen und schreiben kann, sondern vor allem in der Lage ist, ihn in die große arabische Kultur oder wenigstens eines Teils davon einzuführen.

Dies nicht zuletzt, weil Federicos Beziehungen zu Persien nicht nur rein geschäftlicher Natur sind, sondern Teil eines größeren politischen Plans des Vatikans zur Bekämpfung der Osmanen.

Guglielmo wäre also für den Herzog von Urbino genau der richtige Mann am richtigen Platz. Doch es gibt ein großes und sehr gefährliches Aber.

Federico da Montefeltro ist ein unverbrüchlicher politischer Verbündeter des Kirchenstaats. Papst Sixtus IV. persönlich hat ihn zum Herzog von Urbino gemacht. Gebietet die Vorsicht nicht, die innere Einstellung des Herzogs zu seiner Person zu erkunden, bevor er sich nach Urbino begibt?

Weiß der Herzog von seinen römischen Missgeschicken und vom Haftbefehl, der über ihn verhängt wurde? Und wenn ja, wäre er trotzdem bereit, ihn an seinem Hof aufzunehmen?

Guglielmo kann sich unter keinen Umständen einen falschen Schritt erlauben, der ihn womöglich zwingen würde, Italien abermals zu verlassen.

Also beschließt er, dem Herzog einen vorsichtigen Brief zu schreiben und darin eine der päpstlichen Erklärungen zu zitieren, die er mitgenommen hat, als er aus Rom floh.

In dieser Urkunde, an deren Echtheit kein Zweifel besteht, wird festgestellt, dass Guglielmo nicht nur Erzpriester der Kirche Santa Maria in Caltabellotta ist, sondern auch «continuus commensalis Ebrayce, Arabice et Caldee linguarum in palatio nostro interpres».

Dieser Hinweis auf ein kirchliches Amt und seinen häufigen Umgang mit dem Papst als dessen Tischgenosse und Dolmetscher aus dem Hebräischen, Arabischen und Chaldäischen ist ein veritables Wagnis, oder besser ein ziemlich kühner Versuchsballon. Er müsste sich wieder zum Christen erklären, während er sich in Deutschland als Jude ausgegeben hat. Doch den Versuch ist es wert.

Die Unterschrift, die er unter das Schreiben setzt, ist in höchstem Grade aufschlussreich, sie bildet auch im psychologischen Sinn die Quintessenz seiner derzeitigen provisorischen Situation, wo die Gegenwart in einem prekären Gleichgewicht zwischen Vergangenheit und Zukunft schwebt, während er darauf wartet, dass die Entwicklung der Ereignisse ihm hilft, einen dritten Namen auszusuchen und anzunehmen.

«Flavius Willelmus Raimundus Monchates Siculus Artium Magister» lautet die Unterschrift.

In einem alles andere als harmonischen Nebeneinander vereint, finden sich in dieser Unterschrift der vergangene Guglielmo Raimondo Moncada, der gegenwärtige Guglielmo di Sicilia und der zukünftige Flavio Mitridate, der hier nur mit dem Vornamen angedeutet wird.

Dieser Flavio stellt jedoch keine absolute Neuheit dar, als

Flavius Siculus war Guglielmo in seiner vatikanischen Zeit Mitglied der berühmten Römischen Akademie von Pomponio Leto. Ja, er hatte in der Akademie sogar Freundschaft mit Alessandro Farnese geschlossen, der eines Tages den Papstthron besteigen würde.

Die Antwort des Herzogs kommt sofort und ist wohlwollend. Beruhigend für Guglielmo: Es wird nicht die leiseste Anspielung auf Hindernisse wegen der Verurteilung gemacht. Also weiß der Herzog entweder nichts von Guglielmos römischen Abenteuern, was sehr wahrscheinlich ist, weil man alsbald den Mantel des Schweigens über jene kompromittierende Geschichte gebreitet hat, oder er hat davon erfahren, aber das Bedürfnis, diesen Mann an seiner Seite zu haben, der nach Aussage von Papst Sixtus höchstpersönlich ein großer Gelehrter ist, wiegt schwerer.

Federicos Bibliothek war einzigartig wegen der Qualität und der Menge der Kodizes, die dort mit geradezu fanatischer Sammelwut angehäuft worden waren.

Bei diesem Unternehmen hatte dem Herzog sein Alter Ego geholfen, Ottaviano Ubaldini della Cardia. Von ihm und Federico sagte man, sie hätten zwei Körper, aber eine gemeinsame Seele, und tatsächlich steht Ottaviano, als Federico stirbt, zehn Jahre lang an der Spitze des Herzogtums, bis Guidobaldo, Federicos Erbe, erwachsen ist.

Diese Bibliothek wird für Guglielmo, der schon immer ein Liebhaber kostbarer, seltener Handschriften war, zu seinem bevorzugten Refugium und zum magischen Ort, an dem seine letzte, endgültige Verwandlung stattfindet.

Begonnen hatte sie, fast unbemerkt, schon in Deutschland. In einer Gesellschaft, die ihm wesentlich fremd war, in der seine

Bildung und Sprachkenntnisse die einzige Möglichkeit waren, sich durchzusetzen, hatte der schon immer in ihm angelegte Humanist langsam, aber entschieden die Oberhand gewonnen.

Außerdem hatte er, indem er sich als Jude offenbarte und Konversion sowie Taufe auslöschte, als hätten sie nie stattgefunden, jene Doppelexistenz abgeschafft, bei der er gleichzeitig er selbst und sein Gegenteil war, obwohl sie als eine starke Triebkraft in seinem Leben gewirkt hatte.

Es ist also der Humanist, der Gelehrte, nicht länger der Abenteurer, der, obwohl er in Urbino irrtümlicherweise noch für einen Kirchenmann gehalten wird, als ersten Auftrag zwei Texte über Astrologie aus dem Arabischen übersetzt, eine Materie, für die Ottaviano sich sehr interessiert.

Danach wird er zwei Suren aus dem Koran und andere Dinge übersetzen.

Es gilt als gesichert, dass Guglielmo in Urbino beschloss, den Namen Flavio Mitridate anzunehmen.

Mithridates, König von Pontos, konnte zwar auf dem Schlachtfeld geschlagen werden, was auch tatsächlich geschah, aber niemand konnte ihn auf dem Feld der Bildung schlagen. Der unbestrittene König der Vielsprachigkeit schrieb und sprach nämlich 22 Sprachen, wie Plinius bezeugt. Eine gewisse zarte Verbindung zu Guglielmo entbehrt also nicht der Logik, auch wenn Letzterer sich zwar der Kenntnis einer noch größeren Anzahl Sprachen rühmte, tatsächlich aber weit weniger beherrschte als Mithridates.

Ich glaube jedoch, dass Guglielmo sich diesen Namen in seinem geheimsten Inneren aus einem weniger oberflächlichen Grund ausgesucht hat.

Mithridates war bekanntlich besessen von der Vorstellung,

ein Verräter würde ihn vergiften, darum immunisierte er sich, indem er jeden Tag kleine Dosen Gift zu sich nahm. Ich glaube, dass der Name Mithridates für Guglielmo auch, ja vor allem diese Bedeutung besaß.

Doch welches waren die Gifte, die seinem Organismus fortan nichts mehr anhaben konnten? In der Schale des Humanisten, die er sich erobert hatte, fühlte er sich endlich rundum gepanzert, vollständig gefeit gegen jede Versuchung durch Ruhm, Reichtum und Macht. Im Grunde ein Verzicht, der ihm aber nicht schwerfällt. Als das Leben ihm die ganze Fülle des Glücks bot, hat er das Angebot mit einer törichten, unbedachten Tat zunichtegemacht. Es war damals eine einzigartige Gelegenheit, wie sie sich nur einmal im Lauf eines Lebens ergibt, und er weiß genau, dass sie nie mehr wiederkommen wird.

Was er aber nicht weiß, ist, dass er zutiefst verwundbar, ganz und gar schutzlos gegenüber einem Gefühl ist, das er noch nie zuvor verspürt hat: die Liebe.

Er bohrt seine Zähne leicht in den zarten Nacken, dann flüstert er auf Griechisch die Verse von Meleagros: *Fallstricke sind deine Küsse und deine Augen Feuer ...*

Und wieder, noch keuchend nach dem Liebesakt, ist es Meleagros, der ihn an das erste Mal erinnert: *In der Nacht, in einem süßen Traum, brachte Eros / unter meine Decke einen Jungen / von achtzehn Jahren, süß lächelnd ...*

Für ihn hat er sich sogar erkühnt, Verse auf Arabisch zu schreiben. Einen Vierzeiler, nach Art von Ibn Hamdìs, in dem er die Kerze anruft, die ihre Umarmung beleuchtet, dass sie sich niemals verzehre.

Doch er kennt sich gut, er war nie ein Dichter, ein wenig

schämt er sich dafür, lieber leiht er sich die Worte richtiger Poeten, um dem Jungen zu sagen, was er für ihn empfindet.

Das erste Mal hat er Lancillotto während eines Empfangs gesehen, auf dem ein dichtes Gedränge herrschte. Ein großgewachsener junger Mann, dunkler Teint, Locken, Rehaugen, rote Lippen, Schmollmund, leichtfüßig, der Körper in perfektem Gleichgewicht, lange, gerade Beine. Er tritt ein, bleibt in der Tür stehen, blickt sich langsam um. Er sucht jemanden, und sofort beneidet Flavio denjenigen, der gesucht wird.

Dann bewegt sich der Junge auf ihn zu, doch es ist nicht Flavio, zu dem er will, er streift ihn im Vorbeigehen.

«Wie heißt du?» Ohne es zu wollen, hat er ihn am Arm gepackt.

Der Junge bleibt stehen, dreht sich um, betrachtet ihn, der Schmollmund verzieht sich unwillig. «Und wer bist du?»

«Ich heiße Flavio Mitridate.»

«Und ich bin Lancillotto aus Faenza.»

Obwohl Flavio es möchte, kann er die Hand nicht vom Arm des Jungen lösen. Er ist wie magnetisch angezogen von seinem festen Fleisch.

«Jetzt lass mich los.»

«Am liebsten nie mehr.»

Die Worte sind ihm unfreiwillig und unkontrollierbar herausgerutscht. Zu seiner Überraschung lächelt Lancillotto ihn an, löst seine Hand sanft von seinem Arm und geht weg.

Während der gesamten Dauer des Empfangs wird Flavio seine Augen nicht mehr von ihm abwenden können.

Und der Junge, der diesen Blick spürt, wird ihn von Zeit zu Zeit erwidern, jedes Mal ein wenig länger.

In den darauffolgenden Tagen kann er sich den Jungen nicht aus dem Kopf schlagen. Doch er weiß nicht, wie er ihn finden soll. Als er an einem milden Frühlingsabend nach Hause geht, sieht er ihn in der Ferne, wie er mit schnellen Schritten auf eine Haustür zugeht. Aus Angst, diese Gelegenheit zu verpassen, entfährt ihm kein normaler Ruf, sondern ein verzweifelter Schrei. «Lancillotto!»

Der Junge bleibt stehen, er eilt auf ihn zu.

«Erkennst du mich wieder?»

«Nein.»

«Ich bin Flavio.»

«Ach ja.»

In diesen Silben klingt nur Gleichgültigkeit wider, aber Mitridate verliert nicht den Mut, möglicherweise handelt es sich nur um Koketterie. Was Koketterie betrifft, sind diese Jungen den Frauen manchmal haushoch überlegen.

«Ich habe mir so sehr gewünscht, dich wiederzusehen!»

«Jetzt hast du mich gesehen.»

Trotz dieser abschätzigen Bemerkung bleibt der Junge stehen, geht nicht weiter.

«Wo wohnst du?»

«Hier.» Er zeigt auf die Haustür.

Flavio weiß, dass dies der Palazzo von Ascanio Guidi ist, einem reichen Geschäftsmann, der mit Persien Handel treibt. Viele seiner Briefe hat er selbst ins Arabische übersetzt. Es ist ein unumstößliches Gesetz, vom Herzog festgelegt, an das sich alle Kaufleute zu halten haben, die Geschäfte mit dem Orient machen: alle abgehenden und eintreffenden Briefe müssen über Mitridates Tisch gehen.

«Bist du einer der Guidi?»

Lancillotto lächelt. Wenn er lächelt, ist es, als würden tausend Fackeln den Abend plötzlich taghell erleuchten. «Nein. Und jetzt lass mich gehen.»

«Bleib noch ein wenig bei mir.»

«Ich kann nicht.»

«Bitte.»

«Wenn sie sehen, dass ich mit dir spreche, sagen sie es Ascanio, und der bestraft mich.»

«Wenn wir uns aber an einem Ort treffen, wo dich niemand sehen könnte?»

«Dann wäre es anders.»

Flavio sagt ihm, wo er wohnt. «Ich bin jeden Abend nach Sonnenuntergang zu Hause. Wirst du kommen?»

«Ich weiß nicht.»

Die Abende vergehen einer nach dem anderen, ohne dass der Junge sich blicken lässt.

Flavio verliert langsam den Appetit, der ihm nie gefehlt hat. Manchmal legt er sich in der Nähe des Palazzos der Guidi auf die Lauer, in der Hoffnung, dem Jungen zu begegnen.

Dann, eines Abends, während er lustlos an seinem Abendessen herumkaut, hört er es klopfen, geht öffnen und sieht ihn vor sich stehen, noch grimmiger schmollend als sonst.

Vor Aufregung bekommt er kein Wort heraus. Eine Hand drückt ihm die Kehle zu. Er tritt beiseite, um den Jungen vorbeizulassen, schließt die Tür. Er reißt sich zusammen und fragt: «Willst du mit mir essen?»

«Nein, ich habe keinen Hunger mehr. Ich bin sehr wütend.»

«Was ist passiert?»

«Ascanio hat mich ausgepeitscht.»

«Was hast du ihm angetan?»

«Nichts.»

«Das ist nicht möglich, das glaube ich nicht. Sag mir die Wahrheit.»

Der Junge zögert, dann gesteht er mit leiser Stimme: «Er hat mich gesehen, als ich einen küsste.»

«Hast du ihn nur geküsst?»

Lancillotto antwortet nicht. Er dreht sich um, lässt seine Hose herunter.

«Sieh mal, was er mit mir gemacht hat, das alte Schwein!»

Wenn Flavio ihn weiterhin treffen will, muss er eine Bedingung erfüllen, die Lancillotto unmissverständlich gestellt hat. Er soll offen mit Ascanio Guidi um ihn verhandeln.

Lancillotto ist sich ganz sicher, dass der alte Händler, wenn er durch Dritte von ihren heimlichen Begegnungen erführe, keinen Augenblick zögern würde, ihn zu töten oder im Keller seines Palazzo einzusperren.

«Glaubst du, er überlässt dich mir?»

«Er sagt, er liebt mich, aber wenn du ihn gut bezahlst ... Wenn der Alte Geld wittert, setzt sein Verstand aus.»

Doch Flavio hat nicht die geringste Absicht, mit Ascanio zu verhandeln. Er wäre in einer unterlegenen Position. Ascanio könnte ihm seelenruhig die Tür weisen. Oder eine ungeheure Summe fordern.

Er tut etwas anderes. Statt dem Händler drei bereits übersetzte Schreiben zurückzugeben, damit er sie abschicken kann, versteckt er sie unter einem Stapel anderer Papiere.

Wie zu erwarten, begibt sich Ascanio nach ein paar Tagen persönlich zu Flavio, um zu protestieren und auf die Rückgabe der übersetzten Briefe zu dringen.

«Ihr fügt mir großen Schaden zu. Ich kann nicht länger warten, ich laufe Gefahr, das Geschäft zu verlieren.»

«Tut mir leid, ich hatte keine Zeit, sie zu übersetzen.»

«Werde ich noch lange warten müssen?»

«Ich fürchte ja.»

Sie fixieren einander. Ascanio ist zu erfahren im Leben und in Geschäftsdingen, um nicht zu begreifen, dass es durchaus eine Möglichkeit gibt, die Übersetzung zu beschleunigen.

Er erhebt sich. «Würdet Ihr mir die Ehre erweisen, morgen beim Mittagessen mein Gast zu sein?»

«Sehr gern.»

Das Mittagessen findet zu dritt statt, denn auch Lancillotto ist dabei, der Flavio als ein entfernter Neffe vorgestellt wird. Von Zeit zu Zeit tätschelt der Alte dem Jungen die Wange.

Erst als das Essen beendet ist, bittet der Kaufmann Lancillotto, das Zimmer zu verlassen. Dann zieht er ein prallgefülltes Säckchen aus seiner Jacke und lässt es vor Flavio auf den Tisch fallen.

Es ist voller Münzen.

«Entschuldigt mich einen Moment», sagt der Händler und geht hinaus.

Als er nach ein paar Minuten wieder hereinkommt, liegt das Säckchen noch dort, wo er es fallen ließ. Mitridate hat sich nicht gerührt. Und verzieht keine Miene.

Der Händler setzt sich wieder hin, durchbohrt ihn mit Blicken. «Was wollt Ihr dann?»

Flavio sagt es ihm.

Stumm erhebt sich der Alte, geht im Zimmer auf und ab. Er versteht, dass über diese Forderung nicht verhandelt werden kann. Einwilligen ist schmerzhaft, ablehnen könnte das Ende seiner einträglichen Geschäfte mit dem Orient bedeuten.

«Wann wollt Ihr ihn mir wegnehmen?», seufzt er schließlich.

«Jetzt gleich», sagt Flavio.

Es wird keine glückliche Liebe. Der Junge entpuppt sich als wankelmütig, mal fügsam und leidenschaftlich, mal aufsässig und gleichgültig. Gelegentlich verbringt er die Nacht außer Haus, doch trotz allen Flehens und Drohens gibt er nie zu, Flavio betrogen zu haben, obwohl er sichtbare Zeichen des Betrugs auf seinem Körper trägt.

Diese einzige Liebe wird Mitridate immer in lebhafter Erinnerung bleiben.

Auch als er weit von Urbino entfernt lebt, wird er nicht aufhören, an Lancillotto zu denken, als würde ihre Beziehung noch immer und für immer andauern.

Am 10. September 1482 stirbt Duca Federico. Ottaviano Ubaldini, der Regent, muss die Stabilität im Herzogtum aufrechterhalten, also lässt er Flavio wissen, dass er seine Dienste nicht länger benötigt.

Wenn er seine letzte Übersetzungsarbeit beendet hat, mit der ihn noch Federico beauftragt hatte, wird Flavio praktisch mittellos dastehen.

So sehr er sich auch bemüht, die Arbeit hinauszuzögern, vor allem, um Lancillotto nicht verlassen zu müssen, der Moment der Abreise rückt immer näher.

Eines Morgens nach einer Nacht, in der Lancillotto sich besonders leidenschaftlich gezeigt hat, steht der Junge vom Bett auf, sammelt seine Sachen zusammen und steckt sie in einen Sack.

«Was tust du da?»

«Siehst du es nicht?»

Endlich begreift Flavio. «Du willst mich verlassen?»

«Nicht ich verlasse dich, du bist derjenige, der bald aus Urbino fortgehen wird.»

«Komm mit mir.»

«Nein.»

«Warum nicht?»

«Weil Ascanio mir ausrichten ließ, dass er bereit ist, mich wieder bei sich aufzunehmen.»

Flavio fühlt, wie alle Kraft aus ihm weicht. Er bleibt im Bett liegen und folgt den Bewegungen des Jungen mit den Augen.

Lancillotto ist fertig, er lädt sich den Sack auf den Rücken, kommt zum Bett, bückt sich, legt seine Lippen auf Flavios Mund und richtet sich wieder auf.

«Addio.»

Als Mitridate hört, wie die Tür sich hinter ihm schließt, steckt er den Kopf unter das Kissen und weint.

Es ist das zweite Mal, dass er weint, das erste Mal war, als sein Vater starb.

Er wird nie wieder weinen.

Zwei

Der Tag der Abreise naht. Und Flavio hat sich noch kein neues Ziel ausgesucht.

Widerwillig hat er begonnen, einen Teil der Bücher seiner persönlichen Bibliothek einzupacken, mittlerweile sind es viele, sehr ausgesuchte und kostbare Bände, da meldet sein Diener eines Tages völlig unerwartet, dass Ascanio Guidi vor der Tür steht und darum bittet, empfangen zu werden. Zum Zeichen, dass er wegen der Sache mit Lancillotto, den er immer noch begehrt, keinerlei Groll gegen Ascanio hegt, will er den Kaufmann höflich behandeln. Er steht auf und geht ihn im Vorzimmer empfangen. Sein Herz beginnt zu rasen, als er sieht, dass Lancillotto neben dem alten Händler sitzt. Er hat die Augen niedergeschlagen, um Flavios Blick nicht zu begegnen. Nur Ascanio folgt Flavio in sein Zimmer. Wenn er über Geschäfte sprechen muss, will er keine Zeugen. Das ist eine bewährte Regel kaufmännischer Vorsicht.

«Stimmt es, dass Ihr im Begriff seid, Urbino zu verlassen?»

«In spätestens einem Monat werde ich meine Arbeit für Ottaviano abgeschlossen haben, und dann ...»

Wie es seine Art ist, verliert Ascanio keine Zeit mit Plaudereien. «Ich bin gekommen, um Euch einen Vorschlag zu machen.»

«Ich höre.»

«Wäret Ihr bereit, weiterhin für uns zu arbeiten? Ich versichere Euch, dass wir gut bezahlen.»

«Was bedeutet das, für Euch arbeiten?»

Ascanio erklärt ihm, dass die drei größten Kaufleute von

Urbino, die mit dem Orient Handel treiben, seine Arbeit als Übersetzer schätzen gelernt haben, vor allem, weil er die Denkweise jener weit entfernten Kunden so gut zu deuten weiß. Seine Abreise könnte sich schädlich auf ihre Geschäfte auswirken. Sie sind darum bereit, ihn in ihre Dienste zu nehmen.

Flavio denkt keinen Moment lang darüber nach, er willigt sofort ein, verhandelt nicht einmal mehr über die Bezahlung, die ohnehin sehr großzügig ist, und bleibt in Urbino. Im Übrigen wüsste er sowieso nicht, wohin er gehen soll.

Wer weiß, warum, vielleicht aus einer kaum verhehlten Lust an der Revanche, Ascanio lässt sich jedes Mal von Lancillotto begleiten, wenn er Flavio besucht. Den Jungen zu sehen ist ein Quell des Leidens für Flavio. Und Lancillotto scheint das bemerkt zu haben. Eines Abends steht er außer Atem vor Flavios Tür, wirft sich ihm in die Arme, bleibt etwas über eine Stunde und verschwindet. Diese flüchtigen Begegnungen werden sich in dem einen Jahr, in dem Flavio noch in Urbino bleibt, etwa ein Dutzend Mal wiederholen.

Dann kommt Ascanio eines Tages in Begleitung eines neuen hübschen Jungen mit Namen Antenore. Er ist Flavio einmal kurz von Lancillotto vorgestellt worden. Sofort fürchtet er, dass sein Liebster erkrankt sei, und richtet es so ein, dass er ungestört ein paar Worte mit Antenore wechseln kann.

«Was ist mit Lancillotto?»

Antenore lächelt. «Er ist mit einem aus Florenz abgehauen. Ein Kaufmann, den er im Haus von Ascanio kennengelernt hat.»

Als er das hört, verliert Flavio jedes Interesse daran, seinen Aufenthalt in Urbino noch zu verlängern.

Außerdem werden die Beziehungen zu Persien ohne den konstanten Impuls von Federico fortwährend schwächer. Bis

Ascanio ihm eines Tages mitteilt, dass er ihn nicht länger braucht.

Flavio verlässt Urbino mit einem Empfehlungsschreiben von Ottaviano Ubaldini für die Herrscher von Florenz, die Medici.

Für diese Stadt hat er sich entschieden, weil er hofft, Lancillotto dort wiederzusehen, einen anderen Grund hat er nicht.

Er bezieht ein Haus im Judenviertel von Florenz, wo er sich allen als Flavio Mitridate vorstellt. Hier weiß natürlich niemand von seiner Vergangenheit, doch das Gerücht, dass er ein Gelehrter ist, der eine umfangreiche Bibliothek mitbringt, verbreitet sich sofort.

Darum will Elia del Medigo, Kabbalist, ein Mann von großer Gelehrsamkeit und stupendem Wissen, ihn kennenlernen.

Auf den ersten Blick sind die beiden einander nicht sympathisch. Ihre Charaktere sind diametral entgegengesetzt. Doch beide empfinden eine gewisse Faszination für die Intelligenz und Bildung des anderen. Schon bei dieser ersten Begegnung kommt es zwischen ihnen zu einer lebhaften Diskussion über die aristotelische Physik.

Elia wird der Erste sein, der Flavios tragisches Geheimnis erfährt.

Zu jener Zeit nimmt die Verfolgung der Juden schärfere Formen an. In Trient sind einige Glaubensbrüder aufgrund offenkundig falscher Anschuldigungen hingerichtet worden, ein Ereignis, das auch Flavio bekannt ist. Elia ereifert sich besonders über jene unglaubwürdigen Bezichtigungen und fragt sich: «Wie haben die Richter so etwas nur glauben können? Sie müssen wider besseres Wissen gehandelt haben, eine andere Erklärung gibt es nicht.»

«Spielen wir ein Spiel?», schlägt Flavio vor.

Elia wundert sich. Das scheint ihm kein geeignetes Thema, um einen Scherz daraus zu machen. «Was für ein Spiel?»

«Du machst den Richter und ich den Ankläger. Du wirst sehen, ich werde dich überzeugen können.»

«Es gibt keine Beweisführungen, die sich eignen, um ...»

«Versuch es.»

Schweren Herzens willigt Elia ein.

Schlagartig verwandelt sich Flavio wieder in den Guglielmo Raimondo Moncada von damals, sein Blick wird glühend und fanatisch, seine Rede mitreißend und flüssig, wie von einem starken inneren Feuer gespeist.

Nachdem Elia zwei Stunden lang bestürzt zugehört hat, findet er keine Worte der Entgegnung. Er hat Erfahrung mit Streitgesprächen, aber so etwas hat er noch nie gehört. Mit Entsetzen wird ihm bewusst, dass er, wäre er einer der Richter in Trient gewesen, ein Urteil mit klarem Schuldspruch gefällt hätte.

Erregt springt er auf und packt Flavio an der Brust. «Wer bist du?»

Und Flavio, erschöpft, aber berauscht von seinem Sieg, kann sich nicht beherrschen, er lächelt ihn herausfordernd an und sagt leise: «Wer ich bin, weißt du. Ich werde dir sagen, wer ich war und wer ich nie wieder sein werde.»

Er wird ihm auch verraten, dass er des Mordes an einem jüdischen Geldverleiher angeklagt wurde, aber er wird schwören, dass er völlig unschuldig ist, dass es sich um eine üble Intrige gegen seine Person handelte, die die Feinde von Kardinal Cybo angezettelt haben.

Elia del Medigo ist schon seit langem Hebräischlehrer des Conte Giovanni Pico della Mirandola. Pico ist ein schöner, wohlhabender junger Mann, vor allem aber ein scharfsinniger Gelehrter und ein origineller philosophischer Kopf, stets begierig, sich neues Wissen anzueignen. Elia gesteht Flavio, dass der Conte in die Geheimnisse der Kabbala eingeweiht werden möchte, doch sei er anfangs nicht geneigt gewesen, diesem Wunsch nachzukommen, er wäre sich als ein Verräter an seinem Volk zugunsten eines Christen vorgekommen. «Aber Pico bestand so sehr auf dieser Sache mit der Kabbala, dass ich ...»

«Was hast du getan?»

«Ich habe ihm einen Brief geschrieben.»

«Auf Hebräisch?»

«Nein, auf Latein. Hebräisch beherrscht er noch nicht so gut. Es war ein allgemeines Schreiben über die Prinzipien der Kabbala, und natürlich hat es ihn nicht befriedigt. Jetzt bin ich in Verlegenheit.»

«Ich möchte diesen Pico kennenlernen.»

«Ich werde dich zu ihm führen. Er lädt oft zu Zusammenkünften zwischen Juden und Christen ein. Er liebt es, Streitgespräche über religiöse und philosophische Themen anzuregen.»

Und schon sitzt er Pico im Studierzimmer seines luxuriösen Hauses gegenüber. Elia steht derweil am Fenster, er korrigiert eine Übung in hebräischer Schrift, die er dem Conte aufgegeben hat.

«Elia hat mir berichtet, dass Ihr die Kabbala studiert», sagt Pico.

«Ja.»

Nur diese eine Silbe bringt er heraus. Seine Kehle ist trocken, die überirdische Schönheit dieses jungen blonden Gottes hat ihn wie ein Blitz getroffen. Elia hatte es ihm angedeutet, aber so weit reichte seine Vorstellungskraft nicht. Flüchtig hatte Elia auch darauf angespielt, dass Pico eine maßlos übersteigerte Liebe zu Frauen hegt. Tatsächlich war er, bevor er sich der Philosophie widmete und, gemeinsam mit Marsilio Ficino und Poliziano, zu einem der berühmtesten Vertreter der platonischen Akademie wurde, ein leidenschaftlicher Anhänger der Dichtkunst, verfasste erotische Verse auf Latein und Liebesgedichte im Stil Petrarcas.

Später verbrannte er seine Dichtungen.

Pico möchte mehr über Flavios Zeit in Ferrara erfahren, es ist die Stadt, in der er geboren wurde.

Während Flavio erzählt, wie er dank Rodolphus Agricola nach Ferrara kam, dass er dort wohlwollend empfangen wurde und Freunde gewinnen konnte, findet er zu einer gewissen inneren Ruhe zurück.

Darum wagt er, als Pico das von Elia verfasste Schreiben über die Kabbala in die Hand nimmt und ihn um genauere Erläuterungen bittet, angesichts des beharrlichen Schweigens von Elia, selbst das Wort zu ergreifen.

Bald hebt ein so intensives Hin und Her von Fragen und Antworten zwischen Pico und Mitridate an, dass keiner der beiden wahrnimmt, wie Elia del Medigo beleidigt das Studierzimmer verlässt.

Als Pico es bemerkt, zuckt er mit den Schultern und murmelt: «Umso schlimmer für ihn.»

Von diesem Moment an wird Elia nicht mehr Picos Hebräischlehrer sein, auch wenn er ihn weiterhin besucht, sein Platz wird von Mitridate eingenommen, der Pico auch in der Kabbala unterweisen wird.

Elia ist ein ehrlicher und loyaler Mensch. Wenn er nach seiner Entlassung zu Pico geht, um ihn von Mitridates Verfehlungen zu unterrichten, geschieht das nicht aus Rache, sondern weil er Pico vor einem Mann warnen will, der zu jedweder Gemeinheit fähig ist.

Doch Pico wird Elias Worten nicht nur keinerlei Bedeutung beimessen, er wird Flavios moralische Verkommenheit sogar bedenkenlos unterstützen. Ausgerechnet Pico, der Verfasser von *De hominis dignitate*!

Denn er wird mit Mitridate einen Arbeitsvertrag aufsetzen, der, gelinde gesagt, außergewöhnlich ist.

Pico muss, so wird es im Vertrag festgelegt, Flavio außer dem vereinbarten, monatlich zu zahlenden Lohn «einen jungen Mann für seine Lust» liefern.

Mitridate fordert mithin von Pico, ihm als Ersatz für Lancillotto, den er nicht wiedergefunden hat, einen Sexsklaven zu bezahlen, und Pico willigt ein, ohne mit der Wimper zu zucken.

Der Conte wird sich jedoch nicht an den Vertrag halten, obwohl er ihn unterschrieben hat, er wird Mitridate keinen Jüngling verschaffen, und dieses Nichteinhalten der vertraglichen Vereinbarung wird Gegenstand wiederholter, sogar schriftlich verfasster Klagen und Beschwerden von Seiten Flavios sein.

Doch der Unterricht kann nicht sofort beginnen, er wird wegen einer Liebesgeschichte verschoben, die blutig endet.

Seit einiger Zeit ist Pico in eine wunderschöne Frau verliebt, Margherita, und er begehrt sie bis zum Wahnsinn. Er verfiel ihr unrettbar, als er sie zum ersten Mal zusammen mit ihrem Mann Costanzo Landini sah, einem Gewürzhändler. Dann wurde Margherita zur Witwe, und Pico begann sich ihr zu nähern, natürlich nicht um sie zu heiraten, zu groß war das gesellschaftliche Ungleichgewicht zwischen ihnen, doch um sie zu seiner ständigen Geliebten zu machen. Auch Margherita zeigte sich nicht unempfänglich für ihn. Doch gerade als ihr gemeinsamer Weg geebnet schien, kreuzte unerwartet ein Bewerber auf, ein gewisser Giuliano, im untersten Grad verwandt mit der Familie de' Medici, der Margherita im Handumdrehen heiratete und nach Arezzo mitnahm, wo er das nicht eben hochrangige Amt des stellvertretenden Zollwächters bekleidete.

Die Trennung verwandelte das Interesse Margheritas für Pico in Leidenschaft und machte Picos Leidenschaft für Margherita unerträglich.

Die beiden beginnen, sich heimlich zu schreiben. Und es kommt so weit, dass Pico sie fragt, ob sie bereit wäre, sich entführen zu lassen. Margherita antwortet, sie könne es kaum erwarten.

So stürmen eines Morgens, als Margherita mit ihrer Magd und einem Dienstburschen auf dem Weg zur Messe ist, zwei Reiter in die menschenleere Straße. Einer, Pico, ergreift Margherita im Flug und setzt sie auf sein Pferd, der andere, Cristoforo, sein treuer Diener, verfährt ebenso mit dem Burschen. Die Magd wird zu Boden gestoßen.

Einen Augenblick später sind die Entführer verschwunden, sie vereinigen sich mit der Gruppe bewaffneter Männer, die Pico in der Nähe postiert hat, und die ganze Schar nimmt die Via di Castiglione in Richtung Rom.

Die Magd schlägt Alarm, und Giuliano, der Ehemann, der es irgendwie fertiggebracht hat, in Pico den Entführer zu erkennen, läuft zum Stadtrichter, um den Vorfall anzuzeigen.

Der nimmt die Sache übertrieben dramatisch, für ihn ist diese Entführung eine Beleidigung der ganzen Stadt, er trommelt sofort eine Gruppe Reiter zusammen, die die Flüchtigen verfolgen sollen. Unterdessen lässt er die Glocken Sturm läuten, um sämtliche Bürger der Stadt und auch noch die umliegenden Dörfer zu mobilisieren.

Man kann wahrhaftig nicht behaupten, dass die Entführung sich in der gebotenen größten Heimlichkeit abgespielt hätte.

Pico und die Seinen, die schnell reiten, stoßen auf Fuhrleute mit mehreren Karren, die die Gruppe erwartet haben und Möbel in das Haus transportieren sollen, wo der Conte Margherita unterbringen will. Doch sie müssen so schnell wie möglich aus dem Hoheitsgebiet von Arezzo heraus, ringsumher gibt es kein Dorf mehr, wo nicht die Glocken Alarm läuten.

Dann geschieht das Unvermeidliche. Pico und die Seinen sehen sich plötzlich von einer großen Menge Reiter eingekreist, zu denen auch noch mit Sensen und Schaufeln bewaffnete, wutschnaubende Bauern hinzukommen.

Während Margherita von einem aretinischen Reiter befreit oder zum zweiten Mal entführt und ihrem Ehemann zurückgegeben wurde, musste Pico sich einer Schlacht stellen, wenn man es so nennen will, bei der das Kräfteverhältnis extrem unausgewogen war, denn sie kämpften zu zwanzig gegen zweihundert.

Jedenfalls war es keine kriegerische Auseinandersetzung, für die ein Dichter epischer Heldentaten sich hätte begeistern können.

Pico blieb nichts anderes übrig, als Cristoforos Rat zu befolgen und überstürzt die Flucht zu ergreifen, verfolgt von den aretinischen Reitern.

Er hatte achtzehn Männer verloren, doch vor allem hatte er Margherita für immer verloren.

Rettung fand er in der Festung von Marciano, wo Giovanni Nicolacci, von Pico fürstlich bezahlt, den Verfolgern erklärte, der Flüchtige sei sein Gefangener, und sich weigerte, ihn herauszugeben. Nachts führte er Pico und Cristoforo dann aus dieser gefährlichen Gegend heraus.

Wer niemals wiedergefunden wurde, war Margheritas Dienstbursche, den Cristoforo auf seinem Pferd mitgenommen hatte. Er war die Verbindung zwischen Pico und Margherita gewesen, als die Entführung geplant wurde, und musste in Sicherheit gebracht werden. Doch keiner wusste, dass er sich, als er an jenem Morgen aus dem Haus ging, um Margherita zu begleiten, vorher die Taschen mit dem Geld seines Padrone gefüllt hatte.

Natürlich braucht das Echo des Skandals nicht lang, um in Florenz anzukommen.

Wo viele über Picos unglückliche Unternehmung lachen, die seinem Ansehen obendrein beträchtlichen Schaden zufügt.

Die offene Rechnung zwischen Pico und der Stadt Arezzo wird jedenfalls mit großem diplomatischen Geschick von Lorenzo de' Medici beglichen, der den kriegerischen Furor der Einwohner von Arezzo lobt, gleichzeitig aber Mittel und Wege findet, um seine Freundschaft mit Pico zu bekräftigen.

Für den verständigen Zuhörer braucht es wenige Worte.

Um jede Komplikation zu vermeiden, empfiehlt Lorenzo ihm nämlich, Florenz eine Zeitlang fernzubleiben und nach Perugia zu gehen. Er selbst wird Pico den Baglioni, den Herren der Stadt, vorstellen.

In Perugia widmet Pico sich wieder den *Conclusiones*, seinem ehrgeizigsten Werk, an dem er seit langem arbeitet. Es handelt sich um die Darlegung von nicht weniger als neunhundert Thesen über die strittigsten und brisantesten Probleme der Philosophie und Theologie.

Er träumt davon, sobald er die Zustimmung der päpstlichen Sonderkommission erhalten hat, die bekanntesten Gelehrten aller Länder für ein paar Tage nach Rom einzuladen, damit sie vor dem Papst und den Kardinälen über seine neunhundert Thesen diskutieren.

In Perugia hat Pico, der stets auf der Suche nach Büchern ist, Finderglück. Er kann das kabbalistische Traktat eines gewissen Menachem da Recanati erwerben, der vor zweihundert Jahren gelebt hat. Es ist ein kostbares, seltenes Werk, darum lässt er sofort Flavio Mitridate zu sich kommen, damit der es ihm erläutert und kommentiert.

Wie verfährt Flavio bei der Übersetzung der kabbalistischen Texte? Bleibt er dem Original treu? Oder lässt er sich zu eigenwilligen persönlichen und sogar irreführenden Interpretationen hinreißen?

Für Elia del Medigo ist Mitridate ein Verfälscher der reinen Lehre.

Das müsste ihn eigentlich nicht bekümmern, da er Pico ja selbst nicht in die Geheimnisse der Kabbala einweihen wollte. Wenn Pico eine Übersetzung erhält, die dem Original nicht entspricht, bleiben dessen Geheimnisse einem Christen verschlossen. Würde Mitridate seinen Auftraggeber betrügen, wäre er also kein Verräter.

Doch Flavio hat mitnichten vor, Pico zu betrügen. Im Gegensatz zur herrschenden Meinung hält er die Interpretation der Kabbala nicht für eine Wissenschaft, sondern für eine Kunst. Genauso wie die Malerei oder die Dichtung, die sich ihren Stoff aus der Wirklichkeit holt, um diese in veränderter Form darzustellen.

Seine Übersetzungen gehören daher ebenfalls zu dem Bereich, wo die Phantasie, die Kreativität, die persönliche Sichtweise sich ungehemmt entfalten können.

Mitridate wird für Pico eine bis heute noch nicht katalogisierte Anzahl kabbalistischer und anderer Werke übersetzen, eins nach dem anderen in ununterbrochener, rasender Folge, angetrieben von der alles fressenden, unersättlichen Wissbegier seines Arbeitgebers.

An einem sonnigen Vormittag, Pico sitzt Mitridate gegenüber, in die Lektüre einer soeben übersetzten Seite vertieft, da spürt er, wie Flavios Hand sich auf die seine legt. Wo sie einen beständigen, sanften Druck ausübt. Er hebt verwundert die Augen und begegnet dem gleichzeitig sehnsüchtigen und wollüstigen Blick von Flavio.

«Weißt du, dass deine Lippen so rot sind wie Kirschen? Ich würde gerne hineinbeißen.»

Picos erster Impuls ist, ihn zu ohrfeigen. Doch gleich darauf überlegt er, dass der Kerl verschwinden und die Übersetzungen unvollendet lassen könnte. Er braucht Mitridate. Darum lächelt er und liest weiter, als wäre es für ihn nur eine scherzhafte Bemerkung gewesen, mehr nicht.

Doch Flavio, der eine andere Reaktion erwartet hatte, missversteht die Situation. Er redet sich ein, dass dieses Lächeln zustimmend war, eine Art Signal, dass er freie Bahn hat, seine Annäherungsversuche fortzusetzen.

Nun werden seine Avancen von Tag zu Tag expliziter und kühner. Bis er so weit geht, Pico einen unmissverständlichen Vorschlag zu machen: «Warum nimmst du nicht den Platz des Jungen ein, den du mir laut Vertrag hättest beschaffen sollen?»

Pico befindet sich in einer schwierigen Lage. Mitridate ist zu allem fähig, so schätzt er ihn ein. Er weiß, dass sein Vertragspartner ein niederträchtiger Mensch ist. Möglich, dass er sich zu einer Erpressung versteigt, wie: «Wenn du meinen Gelüsten nicht willfahrst, werde ich keine einzige Zeile mehr für dich übersetzen.»

Was tun? Er bittet Marsilio Ficino brieflich um Rat. Der lange Brief ist ein einziger Gefühlsausbruch, er beklagt sich über Mitridate, seine Launen, seine Ansprüche, seinen schlechten Charakter.

Unterdessen verhält er sich abwartend. Er erträgt die Streicheleien, die schmachtenden Blicke, die Zweideutigkeiten, die Anspielungen, die gewagten Komplimente.

«Irgendwann, eines Tages, werde ich dir hoffentlich das geben können, was du ersehnst», sagt Pico schließlich zum schmachtenden Flavio.

Und dieser Tag kommt. Der Diener Cristoforo kehrt aus Florenz zurück, wohin er von Pico geschickt wurde, und bei ihm ist niemand Geringerer als Lancillotto. Flavio traut seinen Augen nicht, wenig fehlt, dass er ohnmächtig zu Boden sinkt.

Er hatte Pico ausführlich von seinem verlorenen Geliebten erzählt. Pico hat ihn für Flavio suchen lassen und gefunden. Nun sind die Zeiten vorbei, da er die missliebigen Aufmerksamkeiten seines Übersetzers stumm ertragen musste.

Lancillottos Anwesenheit scheint Mitridate neue Kraft zu verleihen.

Unter anderem hat er seine gute Laune zurückgewonnen.

Alles scheint sich bestens zu entwickeln, als ein furchtbares Gerücht in Perugia umgeht: In der Stadt hat es Fälle von Pest gegeben.

Aus Angst vor Ansteckung zieht Pico mit seinem kleinen Hofstaat nach Fratta um, einem Dorf nicht weit von Perugia.

Drei

Kurz ist das glückliche Leben, das Flavio Mitridate in der erzwungenen Zuflucht in Fratta führt, es teilt sich auf in die Übersetzungen für Pico am Tag und die Liebesnächte mit seinem Lancillotto.

Dieser langweilt sich zu Tode in dem winzigen Dorf, das keinerlei Zerstreuung bietet, und um die Zeit rumzubringen, hat er es sich zur Gewohnheit gemacht, tagsüber, wenn Flavio mit Pico beschäftigt ist, ziellos über die Felder zu streifen. Eines Tages, Lancillotto hat am Morgen wieder einmal das Haus verlassen und ist aufs Land hinausgegangen, kehrt er zum Mittagessen nicht zurück. Das ist etwas Neues, was bei Mitridate gleichzeitig Verwunderung und Besorgnis weckt, denn der Junge hat einen gesunden Appetit, der ihn immer pünktlich zum Essen zurückführt, niemals würde er freiwillig eine Mahlzeit versäumen. Pico beruhigt Flavio, der Junge wird wahrscheinlich einen Bauern in der Umgebung getroffen haben, bei dem er seinen Hunger stillen konnte.

Doch auch am Abend kommt Lancillotto nicht zurück. Mitridate bricht abwechselnd in Wutgeschrei und Wehklagen aus, er stellt sich sogar vor, sein Geliebter sei gestürzt und könne sich nicht mehr bewegen oder ein bissiger Hund habe ihn angegriffen. Brüllend und tobend verlangt er, dass man ihm zu Hilfe eilt.

Verärgert über diese hysterischen Szenen, schickt Pico seinen treuen Cristoforo und zwei Diener auf die Suche, obwohl die Sonne schon seit einiger Zeit untergegangen ist.

Es ist Nacht, als Cristoforo mit einer gleichzeitig beruhigenden und besorgniserregenden Nachricht zurückkehrt. Lancillotto wurde heil und gesund mit einem prallgefüllten Sack auf dem Rücken beobachtet, wie er Fratta auf dem Kutschbock eines Fuhrwerks verließ, das wahrscheinlich in ein Nachbardorf unterwegs war.

«Was bedeutet das?», fragt Flavio verstört.

«Dass Euer geliebter Lancillotto sich aus dem Staub gemacht hat», antwortet der missgelaunte Pico brutal.

Entsetzt stürzt Flavio in das Zimmer des jungen Mannes. Tatsächlich, seine Kleidung ist nicht mehr da. Da beschleicht ihn ein furchtbarer Verdacht, er eilt in sein eigenes Zimmer und entdeckt, dass der Beutel, der den letzten Lohn von Pico enthielt, verschwunden ist.

Drei Tage lang bekommt Pico ihn nicht zu Gesicht, Mitridate hockt in seinem Zimmer und leckt seine Wunden.

Von dem Tag an wird sein ohnehin schon ruppiges Naturell, das ihn häufig unverschämt werden ließ, immer unleidlicher. Er wird so weit gehen, einen bedeutenden Menschen, der Pico einen Besuch abstattet, aus dem Zimmer zu stoßen, wo er Pico Unterricht erteilt, weil dessen Anwesenheit ihn stört, wie er behauptet.

Er ist nun endgültig bösartig geworden, ein griesgrämiger, intoleranter, lästersüchtiger, allem und jedem gegenüber unduldsamer Mensch, dessen Sarkasmus nur noch verletzend ist. Das alles sind Zeichen einer ebenso realen wie tiefen, absoluten Verzweiflung.

Es handelt sich nicht nur um die äußeren Erscheinungsformen von Alfieris «Schwarzgalligkeit der Dämmerung», sondern um etwas Tieferes, etwas Innerliches. Flavio ahnt dunkel, dass sein Leben mittlerweile auf einer absteigenden Bahn verläuft, obgleich er, gemessen an seinem Alter, noch relativ jung ist. Nein, es sind eher die herzzerreißenden und ungehört verhallenden Schreie aus einer inneren Wüstenei, wo keine Gefühle mehr gedeihen, wo all jene Quellen, die dem Leben Sinn verleihen, ausgetrocknet sind.

Nicht einmal die Rückkehr nach Florenz wird helfen, die Lage zu verbessern.

An den Rand der Blätter, auf denen seine Übersetzungen entstehen, schreibt Mitridate häufig Marginalien, also erklärende Anmerkungen, Kommentare und mögliche unterschiedliche Interpretationen einzelner Abschnitte der Übersetzung.

Doch nicht immer haben diese Glossen das ernste Studium der Kabbala oder andere Themen der jüdischen Glaubenslehre zum Gegenstand, oft und gern sind es bissige oder höchst respektlose Kommentare zu Kirchenmännern und weltlichen Persönlichkeiten, oder sie behandeln ausdrücklich die schwierige Beziehung zwischen ihm und Pico.

Sie bilden also in gewissem Sinne eine Art Dialog, in dem die Erwiderungen zwar fehlen, man sie sich aber leicht vorstellen kann. In anderen Fällen handelt es sich hingegen um das Selbstgespräch eines Monomanen, gebetsmühlenartig und fragmentarisch.

Immer sind diese Notizen an den Seitenrand geschrieben, als würde Mitridate selbst gewahr werden, dass die Zeit, da er sich auf einer ganzen Seite ausdrücken konnte, für ihn vorbei ist, der Raum, der ihm jetzt zugewiesen wird, ist marginal und spärlich. Eine perfekte Metapher für seine Existenz.

Sehr zahlreich sind die Glossen, die seine römische Zeit betreffen und in denen die Päpste und die auf den Stuhl Petri wählbaren Kardinäle zum Gegenstand unmissverständlicher sarkastischer Anspielungen auf ihre Laster und sexuellen Neigungen werden. Der stattliche, gutaussehende Kardinal Giangiacomo Schiaffinati, der mit einer Metapher für das männliche Glied bereits als «baculus sustentans», stützender Hirtenstab von Sixtus IV., bezeichnet wurde, also dem Papst, der Mitridate förderte, als er noch Moncada war, wird beschuldigt, die gleiche Funktion bei dem nächsten Papst, Innozenz VIII., zu erfüllen. Dieser ist wiederum niemand anderer als Flavios einstiger Gönner Kardinal Cybo, welcher überdies eine unglaubliche Menge Kinder von verschiedenen Frauen hat.

Von Kardinal Giuliano della Rovere, dem späteren Papst Julius II., wird behauptet, dass er die Sodomie nicht praktizierte, wenn sie nicht von Praktiken begleitet wurde, die wir heute sadistisch nennen würden.

Mitridate brüstet sich sogar damit, selbst ein bekennender Sodomit zu sein. Auf Picos Leidenschaft für Frauen anspielend, die er immer getadelt hat, schreibt er: «Wer mit den Weibern kopuliert, ist ein Irrer und verdirbt seine Seele (Mitridate macht es richtig).»

Er ist eifersüchtig auf die Liebe, die Pico trotz allem immer noch für Margherita empfindet. Es scheint nämlich, dass die beiden ihren heimlichen Briefwechsel aufrechterhalten haben.

Darum erinnert er ihn ständig mit unbarmherzigem Sarkasmus an die Niederlage, die er durch die Aretiner erleiden musste, an die schmachvolle Flucht und die Tatsache, dass er diese Frau niemals genießen konnte.

Höhnisch zählt er all die Diener Picos auf, die bei dem Kampf gefallen sind, vom Majordomus Johannes Antonius bis zum Koch, und wenn er sich nicht an ihre Namen erinnert, belegt er sie mit verächtlichen Spitznamen wie der Bucklige, der Krummbeinige und so weiter.

Nie hört er auf, Pico vorzuwerfen, dass er ihre vertragliche Vereinbarung, ihm einen *naar*, einen Jungen für seine Lust zu besorgen, nicht eingehalten hat. Offenbar betrachtet er es als eine nicht unter den Vertrag fallende, eigene Geschichte, dass sein Arbeitgeber Lancillotto wiederfand und ihn von Cristoforo bringen ließ. Diesen verachtet, ja hasst Flavio zutiefst, weil er eine unleserliche Handschrift hat.

Manchmal werden die Glossen auch zu einem Tagebuch mit einer Fülle sehr persönlicher und leidvoller Bemerkungen über seine Ängste, den begangenen Mord, seine Träume und Wünsche.

Als die *Conclusiones* endlich beendet sind, macht sich Pico auf die Reise nach Rom, um sie der päpstlichen Kommission zur Beurteilung vorzulegen. Er befindet sich in einem Zustand starker Erregung, der an Überspanntheit grenzt. Denn er ist felsenfest überzeugt, dass sein Versuch, den christlichen Glauben, den Platonismus und das Judentum miteinander zu versöhnen, zwar auf gewaltige Hindernisse und Widerstände des rückschrittlichen Teils der Wächter über die Glaubenslehre stoßen, am Ende aber mit einem Triumph für ihn ausgehen wird.

Mitridate, der ihn nicht begleiten kann, weil er in der Stadt des Papstes unweigerlich gefangen genommen würde, bleibt in Florenz, wo er Pico zur Verfügung stehen wird. Falls dieser Erläuterungen zu einem speziellen Problem benötigt, wird er ihm einen Boten mit den Fragen schicken, auf die Flavio unverzüglich antworten muss.

Doch leider wird in Wirklichkeit alles ganz anders kommen, als Pico es sich erträumt hat. Von wegen Zusammenkunft vieler Gelehrter aus allen Ländern!

Pico kommt zur Zeit des Karnevals in Rom an und wohnt im Haus seines Bruders. Sofort schickt er eine Kopie seines Werks direkt an den Papst und eine andere an die Kommission, die es untersuchen soll. Zuversichtlich erwartet er den Bescheid.

Papst Innozenz VIII. hat im Grunde keine gute Meinung von Pico. Er hält ihn für einen eitlen Schönling, einen Prahlhans mit philosophischen Anwandlungen, und der Bericht, den man ihm von der gescheiterten Entführung Margheritas gab, hat ihm nur eine verächtliche Grimasse entlockt. Pico weiß um die Einstellung des Papstes zu seiner Person, doch er glaubt, dass seine allseits bekannte Protektion durch Lorenzo de' Medici genügt, den Pontifex wenigstens ein bisschen milder zu stimmen.

Aber so ist es nicht. Gänzlich unerwartet, wahrhaftig wie ein Blitz aus heiterem Himmel hängt am Campo de' Fiori plötzlich ein Breve von Innozenz VIII. angeschlagen, worin erklärt wird, dass der Papst, nachdem er die Schrift in Augenschein genommen hat, die *Conclusiones* von Conte Giovanni Pico della Mirandola «obskur, verworren und prätentiös» findet, und einige seien sogar «ut a catholica ecclesia prohibite fore et quamdam speciem heresis sapere videbantur».

Diejenigen, die von der katholischen Kirche als zum ketzerischen Denken gehörig erachtet und darum verboten wurden, also die besonders gefährlichen, sind jene *Conclusiones*, welche sich in gewisser Weise von der Kabbala inspirieren lassen. Handelt es sich um ein echtes, objektives Urteil? Oder darf man andere Vermutungen anstellen? Ist es möglich, dass der Papst nicht wusste, wer Mitridate, der Lehrer Picos, in Wirklichkeit war?

Vielleicht hat es Innozenz VIII. genügt, die Oratio zu lesen, die den *Conclusiones* vorangestellt war. Hier ein Passus daraus, in dem Pico feststellt, er habe in den Büchern Esra und in denen der Kabbala, «welche ich mir mit beträchtlichem Aufwand beschafft und von Anfang bis Ende mit höchster Aufmerksamkeit und unermüdlichem Eifer studiert habe, weniger die mosaische Religion als vielmehr die christliche gefunden; dortselbst liest man vom Geheimnis der Dreifaltigkeit, der Fleischwerdung des Wortes und der Göttlichkeit des Messias, auch las ich dort bei allem, was die Erbsünde und die Verbüßung derselben durch Christus betrifft, die gleichen Dinge, die wir täglich bei Paulus und Dionysius, bei Hieronymus und Augustinus lesen. Was sodann die Philosophie angeht, so meint man Pythagoras und Platon zu vernehmen, deren Prinzipien dem christlichen Glauben so eng verwandt sind ... Kurzum, es gibt keinen kontroversen Punkt zwischen uns und den Juden, in dem wir sie mit Hilfe der kabbalistischen Bücher nicht überzeugen könnten ...»

Wie dem auch sei, mit jenem schrecklichen Wort, Ketzerei, taucht an Picos Himmel, der bis zu diesem Moment von einem klaren Blau gewesen ist, die unheilschwangere Wolke des Großinquisitors Torquemada auf.

Gleich nach Erscheinen des Breve wird ihm die Aufforderung geschickt, vor der richterlichen Kommission zu erscheinen, deren Vorsitz der Bischof von Tournai, Jean de Monissart, führt.

Die Diskussion hätte sich um die sieben Punkte drehen müssen, die am entschiedensten beanstandet wurden, also jene im Ruch der Ketzerei.

Doch es war ein Dialog zwischen Tauben. Oder besser, es handelte sich in Anbetracht des Zeitpunkts, zu dem er stattfand, eher um eine Art Karnevalsscherz. Einige Mitglieder der

Kommission waren nicht nur taub, sondern auch bis zur Absurdität unkundig in der zu verhandelnden Materie. Einer von ihnen hielt die Kabbala sogar für ein Lebewesen, nämlich einen Juden mit diesem sonderbaren Namen, der kämpferische antichristliche Schmähschriften verfasst hatte. Seinerseits erwies sich Pico als vollkommen unfähig, eine wirkungsvolle Selbstverteidigung vorzubereiten und durchzuführen. Der Zorn machte ihn blind, brachte sein Blut zum Kochen und versagte ihm die richtigen Worte.

Voller Wut zieht er sich ins Haus seines Bruders zurück, fest entschlossen, sich auf spektakuläre Weise zu revanchieren. Er verfasst eine *Apologia*, worin er all das sagt, was er vor der Kommission nicht sagen konnte.

Gleichzeitig aber bringt er darin eine vernichtende Kritik an der Kommission und dem Papst vor.

Durch die Veröffentlichung der *Apologia* nimmt die Debatte um die *Conclusiones* schärfere Töne an, und obwohl Pico sich auf Anraten und Drängen von Lorenzo de' Medici zu einer Geste der Unterwerfung durchgerungen hat, befiehlt der Papst seine Verhaftung.

Wie gut für Mitridate, dass Pico seinen Namen in der *Apologia* an keiner Stelle erwähnt! Für Flavio zeugt das zwar von großer Undankbarkeit, aber es stellt sich doch als ein günstiger Umstand heraus.

Die Anhörung durch die päpstliche Kommission bedeutet im Grunde das Ende der Zusammenarbeit zwischen Pico und Flavio. Jetzt hat der Conte andere Sorgen, als kabbalistische Texte zu studieren, er muss sich gegen sehr schwerwiegende Anklagen verteidigen und überlegen, wie er den Fängen Torquemadas entkommt.

Er wird einen neuen Hebräischlehrer anstellen, jünger als

Mitridate, weniger verrufen, vor allem aber weniger jähzornig und anspruchsvoll.

Flavio ist wieder einmal gezwungen, sich eine neue Arbeit zu suchen, die ihm seinen Lebensunterhalt sichert.

4 Die Finsternis

Picos zerbrochener Traum bedeutet auch das Ende einer Illusion, die Flavio, obwohl er sie nie aussprach, lange gehegt hatte, nämlich bis ans Ende seiner Tage bei Conte della Mirandola bleiben zu können.

Als er seine persönlichen Bücher in Kisten packt, steckt er auch ein paar kostbare Handschriften aus Picos Besitz ein, um die er Pico immer beneidet hat.

Doch wo soll er hingehen? Er verbringt schlaflose Nächte mit Erinnerungen an die Vergangenheit, nicht um sich an den glücklichen Zeiten von einst zu weiden, sondern damit ihm der Name irgendeines alten Bekannten einfällt, der ihm eine gutbezahlte Arbeit anbieten könnte.

Zuletzt setzt sich ein Name gegen alle anderen durch: der von Alessandro Farnese, den er in der schönen Zeit kennengelernt hat, als er die Römische Akademie von Pomponio Leto besuchte.

Er schreibt ihm einen vorsichtigen Brief, fast schon ein Bittgesuch, und in seiner Antwort macht Alessandro ihm Hoffnung. Er werde ihn seinem Bruder Angelo, dem Herren von Viterbo, empfehlen, der sicherlich eine Tätigkeit für ihn finden wird.

Tatsächlich lädt Angelo ihn schon kurz darauf ein, nach Viterbo zu kommen, um seinem Sohn, der den Namen des Onkels Alessandro trägt, als Hauslehrer Griechischunterricht zu erteilen und dasselbe Fach zusätzlich am örtlichen Gymnasium zu unterrichten.

Die Aussicht auf doppelte Einkünfte ist weit mehr als erhofft, Flavio eilt nach Viterbo. Eine Stadt, die jedoch einen großen Nachteil hat, der sogar gefährlich werden könnte: Sie untersteht der päpstlichen Rechtsprechung. Also gebietet die Vorsicht eigentlich, diesen Ort zu meiden.

Doch Flavio gaukelt sich vor, der Zorn seines ehemaligen Beschützers Kardinal Cybo, des jetzigen Papstes, könnte sich gelegt haben. Viele Jahre sind seit seinem Verbrechen vergangen, und er hat in dieser Zeit alles getan, um den Namen Guglielmo Raimondo Moncada vergessen zu machen. Außerdem hat er sich körperlich sehr verändert, er ist jetzt beleibt, schwerfällig, und nichts erinnert mehr an den sehnigen, flinken jungen Mann, der er einst war. So kommt er zu der Überzeugung, dass keine Gefahr für ihn besteht.

Viterbo erweist sich unerwartet als eine wahre Oase des Friedens.

Sein blutjunger Privatschüler Alessandro könnte wahrhaftig ein Jüngling aus der griechischen Antike sein, so flüssig und harmonisch kommt diese Sprache über seine Lippen. Er ist ein Musterschüler, der Flavio viel Freude bereitet.

Angelo Farnese ist ein guter Mensch, zwar nicht mit Pico zu vergleichen, was Bildung betrifft, in punkto Großzügigkeit allerdings ebenso wenig. Denn Flavio wird immer vertragsgemäß bezahlt und bekommt obendrein häufig Sonderzuwendungen. Auch Angelos Frau, Lella Orsini, ist sehr freundlich zu ihm.

Er führt ein Leben, dessen tagtäglich sich wiederholenden Abläufe beruhigend wirken. Um von der Wohnung, die Angelo ihm mietfrei überlassen hat, zum Gymnasium, zum Palazzo Farnese oder zu der Osteria zu gelangen, wo er seine Mahlzeiten einzunehmen pflegt, geht er immer denselben Weg. Durch ebenjene Gassen wandert er auch, wenn er abends in einer Schenke für Studenten etwas trinken geht, freilich immer mit Maß.

Er verkehrt dort nicht nur, um zu trinken, sondern auch in der Hoffnung, gelegentlich angenehme Bekanntschaften zu machen. Manchmal erfüllt sich diese Hoffnung. Doch es handelt sich immer um diskrete, flüchtige Begegnungen, er will auf keinen Fall riskieren, ausgerechnet in Viterbo wegen Sodomie angezeigt zu werden.

Eines Abends sitzt er allein vor seinem Glas, als jemand hereinkommt und sich am Ende des langen Tisches niederlässt, um den die Stammgäste sitzen. Flavio bemerkt, dass der Unbekannte ihn von Zeit zu Zeit verstohlen beobachtet.

Am nächsten Abend wiederholt sich die Szene, doch in etwas anderer Form. Der Unbekannte wird von jemandem begleitet. Jetzt blicken die beiden unverwandt zu ihm hin und flüstern miteinander.

Flavio macht sich Sorgen, ein paar Tage lang geht er nicht in die Osteria. Als er sie wieder betritt, kann er den Unbekannten weder allein noch in Begleitung entdecken. Darum beruhigt er sich wieder.

Er weiß nicht, dass die beiden in ihm jenen berühmten Priester wiedererkannt haben, der vor Jahren nach Viterbo kam und eine denkwürdige Predigt hielt, bei der sie anwesend waren. Einer der beiden hat einen Bruder, der Sbirre des Kirchenstaats ist, und berichtet ihm von dem eigenartigen Umstand. Warum ist dieser Priester jetzt kein Priester mehr und besucht Wirtshäuser?

Der Sbirre spricht mit seinem Vorgesetzten. Es braucht nicht viel, um darauf zu kommen, wer der Mann ist, der sich in Viterbo unter dem Namen Flavio Mitridate versteckt.

Am Morgen des 12. März 1489, Flavio hat gerade das Haus verlassen, um ins Gymnasium zu gehen, sieht er seinen Weg plötzlich von vier päpstlichen Sbirren versperrt.

Zwei stürzen sich auf ihn und halten ihn mit Gewalt fest, so dass er sich nicht mehr rühren kann, ein dritter schreit: «Guglielmo Raimondo Moncada, genannt Flavio Mitridate, endlich haben wir dich!»

Guglielmo wehrt sich nicht. Er hat begriffen, dass sein Ende gekommen ist. Ergeben lässt er sich mit gesenktem Kopf ins Gefängnis abführen.

Die Nachricht von der Verhaftung gelangt sofort zu Angelo Farnese, der nichts anderes tun kann, als sich darüber zu betrüben, da er nicht genug Macht besitzt, um auch nur einen Schritt zugunsten des Gefangenen zu unternehmen.

Picos Reaktion fällt ganz anders aus. Er wendet sich unverzüglich an Lorenzo de' Medici, aber nicht, damit dieser seinen Einfluss zugunsten von Mitridates geltend macht, sondern aus einem Grund, der ihm sehr viel mehr am Herzen liegt als Flavios Schicksal. Er erteilt seinem neuen Sekretär, Ciriaco del Borgo, den Auftrag, für den Privatsekretär von Lorenzo, Piero Dovizi, eine Notiz zu verfassen.

«Zu Viterbo ward ein gewisser Guglielmo Mitridate arretiert, welcher viele gute Bücher besitzt. El Conte wünscht dieselben unverzüglich zu sehen, und mögt Ihr, so es Ihro Gnaden Magnifico Lorenzo gefällt, an Euren Gesandten in Rom schreiben, dass er von unserem Heiligen Vater ein Breve erwirke, gerichtet an den Statthalter von Viterbo, darin er ihm aufträgt, ein vollständiges Inventarium sämtlicher Bücher dieses Mitridate verfertigen zu lassen, welchem ich dieses Breve vorzeigen werde.

Alsdann wird der Conte einen Diener schicken und innerhalb eines Monats item die Bücher retour senden, wofür er selbst die Kosten trägt. So Ihr el Conte liebt, wollt Ihr Sorge tragen, ihm solches zu gewähren, darum er Euch dringlich bittet.»

Ganz offensichtlich hat Pico bemerkt, dass Mitridate ihm einige seiner kostbaren Bücher gestohlen hat. Er hat ihn nicht angezeigt, vielleicht um seine Lage nicht zu verschlechtern, doch er hofft, auf diesem Weg wieder in ihren Besitz zu gelangen.

Lorenzo schreibt sofort an seinen Gesandten Lanfredini, der so etwas wie ein diplomatischer Vertreter der Medici in Rom ist, damit Picos Wunsch entsprochen wird. Doch er bittet ihn, das Anliegen nicht als das des Conte della Mirandola, sondern als sein persönliches auszugeben. Nach allem, was mit den *Conclusiones* und der *Apologia* geschehen ist, erscheint es ratsam, Picos Namen in Vatikankreisen nicht auszusprechen.

Lanfredinis Antwort lässt auf sich warten, Lorenzo bedrängt ihn unaufhörlich.

Endlich kommt die Antwort aus Rom. «Die Bücher des Mitridate sind in summa eine schwere Last, weshalb es füglich geraten wäre, wann jemand käme, welcher Kenntnis hätte, was der Conte wünscht.»

Doch in dieser besonderen Angelegenheit kann niemand den Conte ersetzen. Das Problem wird darum lange ungelöst bleiben, und Pico wird noch oft an verschiedene Personen schreiben, damit er die Bücher nach Hause geschickt bekommt und sie in Ruhe untersuchen kann.

Einige Zeit später scheint es ihm auf irgendwelchen krummen Wegen doch gelungen zu sein, wieder in den Besitz der Bücher zu kommen, die ihm gestohlen wurden.

Von Mitridate-Moncada wird man, nachdem die Türen des Gefängnisses sich hinter ihm schlossen, nichts mehr hören.

Er verschwindet. Als hätte er niemals existiert.

In den vorangegangenen drei Kapiteln, die das Leben und Werk von Flavio Mitridate beschreiben, habe ich mir einige chronologische Freiheiten genommen. Zu meiner Rechtfertigung kann ich anführen, dass seine Biographen sich bei der Datierung der Ereignisse, in die er verwickelt war, auch nicht sicher sind.

Diese Freiheiten habe ich mir genommen, weil sich «meine» Figur, so wie ich sie mir vorgestellt habe, auf diese Weise besser zeichnen ließ. Ich meine die Hauptfigur eines historischen Romans, den ich niemals schreiben werde.

Besonders offensichtlich ist dieses Verschieben von Daten bei seiner Bekanntschaft mit Lancillotto. Ich habe sie vorverlegt, ja, sogar in die Zeit seines Aufenthalts in Urbino fallen lassen.

Warum habe ich das getan?

In erster Linie, um dem einzigen echten Gefühl, oder der Liebe, wenn man so will, die Mitridate für einen anderen Menschen empfand, mehr Gewicht zu geben.

Seine Randnotizen über Lancillotto, den er mal anbetet, mal verabscheut, ein fortwährendes amo et odi, erzählen uns unmissverständlich vom Auf und Ab eines echten Liebesgefühls.

Dieser Geschichte mehr Raum in der Zeit zu geben, erschien mir als eine Möglichkeit, die Person mit einem wärmeren Farbton zu zeichnen, der das bestialische Antlitz des Humanismus, um es mit Sciascia zu sagen, schärfer konturierte.

Jedoch ohne seine Züge damit sanfter oder milder zu machen – immerhin zögert er bei mir keinen Augenblick, sich einer gemeinen Erpressung zu bedienen, um den jungen Mann ganz für sich zu haben.

Kein Biograph konnte uns über das Warum und Wie von Guglielmos Rückkehr nach Italien aufklären. In Deutschland hätte er friedlich und wohlversorgt leben können.

Und weiter: Welches war die italienische Stadt, in der er zunächst eine Weile blieb, um sich über seine zukünftigen Schritte klarzuwerden?

Ich habe nach reiflicher Überlegung für Ferrara votiert, in Anbetracht seiner Freundschaft mit Rodolphus Agricola, der in dieser Stadt gute Bekannte hatte. Das ist zwar eine Erfindung, aber sehr plausibel.

Der Leser wird bemerkt haben, dass ich Samuel ben Nissim vier Kapitel gewidmet habe und Guglielmo Raimondo Moncada ebenfalls vier. Für Flavio Mitridate haben mir hingegen drei genügt.

Dafür gibt es einen präzisen Grund.

Über die Jahre seiner Arbeit erst für den Herzog von Urbino und dann für Pico della Mirandola glaubt man fast alles zu wissen, obwohl es bis jetzt noch nicht gelungen ist, ein Verzeichnis seiner Übersetzungen anzulegen, und einige Zuschreibungen noch immer umstritten sind.

Es handelt sich also um zwei Phasen seines Lebens, die ausreichend erforscht und durchleuchtet wurden, weshalb recht wenige dunkle Ecken bleiben, die der Phantasie Freiräume öffnen könnten.

Außerdem hat Mitridates Leben sich in diesen Jahren normalisiert, ich würde sogar sagen, verbürgerlicht. In seiner neuen Existenz als angesehener humanistischer Sprachgelehrter scheinen all die ehrgeizigen Impulse, die ihn von Mal zu Mal dazu trieben, sich aggressiv und grausam zu verhalten, zum Lügner und Fälscher zu werden, schlagartig verpufft zu sein.

Es ist, als hätte er den Elan verloren, der ihn antrieb. Es mag ja eine negative Triebkraft gewesen sein, aber es war Elan. Sprechen wir es offen aus: Flavio Mitridate hat nichts mehr, wirklich gar nichts mehr mit Samuel ben Nissim und erst recht nichts mit Guglielmo Raimondo Moncada gemein. Ich nehme an, dass die Praxis der üblen Nachrede unter Intellektuellen damals recht weit verbreitet war. Nun, Mitridate verwässert seine ganze vitale Grausamkeit im boshaften Geläster, in destruktiven Unterstellungen, im gnadenlosen Sarkasmus.

Schade. Er hatte uns an Besseres gewöhnt.

Über seinen Aufenthalt in Viterbo berichten die Biographen in wenigen dürren Zeilen.

Der Einzige, der sich darüber ein wenig verbreitet, ist Giulio Busi, wenngleich in romanhafter Form. Seine gutkonstruierte Erzählung stützt er am Schluss jedoch mit wertvollen, erhellenden Anmerkungen, mit Belegen, die sehr viele Daten enthalten.

Und Busi ist auch der Einzige, der es wagt, die Umstände von Mitridates Verhaftung zu erzählen, die sich, wie er schreibt, vielleicht einem Verrat verdankt. Er legt die Szene in die Abendzeit, mit Sbirren, die eine schäbige Osteria stürmen.

Meine Version sieht notgedrungen anders aus, denn sie muss sich in das einfügen, was ich in den vorangegangenen Kapiteln geschrieben habe.

Übereinstimmend sagen die Biographen, dass Mitridate wahrscheinlich im Gefängnis starb, da nach der Verhaftung niemand mehr von ihm reden hörte. Aber hatte Mitridate uns nicht schon früher mehrfach Proben seiner außergewöhnlichen Fähigkeit gegeben, nach Belieben zu verschwinden?

Darf man nicht vermuten, dass er die Härten des Gefängnisses überlebte und einen anderen Namen annahm?

Giulio Busi schreibt vorsichtiger: «Möglich, dass er im Gefängnis starb oder dass er es, nachdem er auf irgendeine Weise freikam, für klüger hielt, seine Spuren zu verwischen.»

Busi hält die zweite Hypothese für wahrscheinlicher, er stützt sich auf das Testament, das Mitridates Mutter Stella (so lautete ihr richtiger Name, ich habe ihn verändert) 1491 aufsetzte und in dem ihr Sohn erwähnt wird.

Denn was nötigte sie, einen Toten oder einen für immer im Gefängnis eingeschlossenen Menschen in ihrem testamentarischen Nachlass zu erwähnen?

5 Schlussfolgerungen

Eins

Sie haben ihn in eine unterirdische Zelle geworfen, eiskalt, fensterlos, am Ende eines langen Gangs mit zwei Reihen anderer, aber leerer Zellen, und dort vergessen. Er sitzt nicht in völliger Dunkelheit, denn die Fackel im Gang, die Tag und Nacht brennt (doch wann ist es Tag? Wann ist es Nacht?) befindet sich in der Nähe der Gittertür zu seiner Zelle.

Einzige Gesellschaft: die Ratten. In allen Größen und Farben. Zweimal am Tag, vermutlich mittags und abends, bringt ein Riese mit einer Binde über dem linken Auge ihm einen Napf mit einer widerlichen Brühe und einen Kanten Brot. Alle drei Tage begleitet ihn der Einäugige, wenn er den schmutzigen Eimer in einem Loch am Anfang der Zellenreihe ausleeren geht.

Die Läuse lassen ihm keine Ruhe. Es ist ihm nie gestattet worden, sich zu waschen.

Einmal, als er mit geschlossenen Augen auf dem Strohsack liegt, ohne zu schlafen, hört er ein Rascheln. Er öffnet die Augen gerade so weit, dass er sehen kann, schreckt zusammen, bewegt sich aber nicht.

Eine Kanalratte ist in die Zelle gelaufen, zwischen den Zähnen ein Blatt Pergament. Woher mag sie das haben?

Er wartet, bis die Ratte in der Mitte der Zelle ist, dann springt er mit einem gellenden Schrei auf. Erschrocken lässt das ekelhafte Tier das Pergament fallen und flieht.

Mitridate bückt sich, hebt es auf. Es ist unbeschrieben. Er versteckt es zwischen seinem Hemd und der Haut. Der Kontakt reißt ihn aus seiner Apathie, aus der Resignation, das Pergament auf seiner Haut wirkt wie eine Wundersalbe, es weckt seine Lebensgeister, verleiht ihm Kraft.

Zwei Wochen braucht er, um ein winziges Stück Eisen spitz zu feilen, bis es zu einer Art Schreibfeder wird. Damit sticht er sich in eine Ader und schreibt mit seinem Blut auf einen schmalen Streifen, den er von dem Blatt abgerissen hat:

Ich flehe Euch an, kommt mich besuchen. Wer immer Euch diesen Brief bringt, belohnt ihn gut.

Dann rollt er es zusammen. Als der Wächter erscheint, fasst er sich ein Herz und sagt:

«Wenn du das Don Angelo Farnese übergibst, ihm persönlich, wirst du reichlich belohnt.»

Der Wächter betrachtet ihn misstrauisch mit dem einen Auge. «Wenn er mich aber nicht empfängt?»

«Er wird dich empfangen.»

«Und wenn er mich auspeitschen lässt?»

«Dann kannst du dich jederzeit an mir rächen.»

Der Wächter streckt seine riesige Pranke aus. Und geht, ohne ein Wort zu sagen.

Dass die Botschaft übergeben wurde und der Wächter eine gute Belohnung kassiert hat, erkennt Mitridate an seinem Verhalten: Mal bringt er ihm eine Schüssel Wasser zum Waschen, mal ein Stück Obst, das er aus seiner Tasche zieht ...

Endlich kommt der so sehnlich erwartete Moment, der Wächter bringt ihn zum Gespräch mit Don Angelo, das unter vier Augen im Amtszimmer des Gefängnisdirektors stattfindet. Dieser wollte nicht dabei sein, vielleicht aus Rücksicht, vielleicht weil er es für klüger hielt, sich fernzuhalten, je weniger man weiß, desto besser schläft man.

«Ihr wisst, dass ich wenig tun kann», hebt Don Angelo verlegen an.

«Ich bitte Euch um wenig.»

Ein paar Tage später erhält Mitridate, wieder durch den Wächter, ein zweites Blatt Pergament und Schreibzeug.

Er schreibt beide Blätter voll. Es ist ein langer Brief, adressiert an Alessandro Farnese, damit der ihn wiederum Papst Innozenz VIII. zur Kenntnis bringt. Das Schreiben ist kein Bittbrief, auch kein Gnadengesuch. Ganz im Gegenteil. Mitridate fordert von seinem einstigen Beschützer die sofortige Freiheit und gibt ihm zu verstehen, dass er andernfalls gewisse, für einen Papst höchst kompromittierende Geheimnisse, die ihm aus eigener Anschauung bekannt sind, publik machen werde. Zweifellos der Erpressungsversuch eines Wahnsinnigen. Wie hätte er jene Geheimnisse aus der Tiefe des Kerkers, in dem er sich befand, an die Öffentlichkeit bringen wollen?

«Aber Moncada ist zu allem fähig», denkt der Papst, als er Alessandro Farnese die Blätter zurückgibt. «Vernichtet sie!», befiehlt er.

Und dann, als er ihn entlässt: «Ich werde Euch Nachricht geben.»

In den Tagen nach Abgabe des Briefes kann Mitridate vor Aufregung die tägliche Brühe nicht schlucken. Er ist sicher, dass der Papst, wenn er den Brief gelesen hat, etwas unternehmen wird. Doch es scheint, als würde alles so weitergehen wie bisher. Ihm kommen Zweifel, womöglich hat Alessandro Farnese doch nicht den Mut gehabt, seinen Brief weiterzuleiten.

Er beschließt, noch ein wenig Zeit vergehen zu lassen, dann will er Don Angelo bitten, abermals zu ihm ins Gefängnis zu kommen, und er wird versuchen, etwas von ihm zu erfahren.

Unterdessen zerfrisst ihn die Sorge.

Eines Tages kommt der Wächter in seine Zelle, einen Stuhl hinter sich herschleifend, Schere und Waschschüssel in der anderen Hand.

«Setzt Euch auf den Schemel. Ich soll Euch ein wenig in Ordnung bringen, denn morgen habt Ihr eine wichtige Begegnung.»

Mitridate jubelt innerlich, setzt sich, schließt glückselig die Augen. Der Riese stellt sich vor ihm auf, hebt seinen Bart an, macht seinen Hals frei.

Und um diesen Hals schließt er plötzlich seine beiden Pranken.

Mitridate braucht nicht lang, um zu sterben.

Der Riese verlässt die Zelle und kehrt mit einem Strick zurück. Ein Ende knotet er an der höchsten Stelle der Gittertür fest, aus dem anderen macht er eine Schlinge, durch die er Mitridates Kopf steckt.

Dann hängt er ihn auf.

Die Nachricht vom Selbstmord Mitridates wird dem Papst überbracht. Dieser hebt die Arme gen Himmel zum Zeichen des Entsetzens, dann senkt er das Haupt, als spräche er ein kurzes Gebet, und zuletzt ruft er aus: «Möge Gott seiner armen Seele gnädig sein!»

Und mit zutiefst betrübter Miene flüstert er Alessandro Farnese zu: «Dabei war ich schon zu einem Gnadenakt geneigt.»

Zwei

Pico della Mirandola ist verzweifelt. Erst gegen Zahlung einer ziemlich hohen Summe ist es ihm endlich gelungen, das Verzeichnis der Bücher zu bekommen, welche die Sbirren bei Mitridate beschlagnahmt haben. Aber die zehn Bücher, die er ihm gestohlen hat, fehlen in der Liste. Es sind die wertvollsten Bände, nirgends sonst mehr zu finden. Pico ist überzeugt, dass Mitridate, um ihren Wert wissend, sie irgendwo versteckt hat. Das muss ihm um jeden Preis die einzige Person bestätigen, die dazu in der Lage ist, Mitridate selbst. Aber wie soll er an ihn herankommen?

Es gibt keine andere Lösung, er muss Cristoforo, versehen mit einer hübschen Summe Geldes, nach Viterbo schicken und auf dessen schon so oft erprobte List und Geschicklichkeit vertrauen. Und er muss allein handeln, auf keinen Fall darf er die Farnese in diese Geschichte hineinziehen.

Darüber hinaus will Pico über Cristoforos Schritte ständig auf dem Laufenden gehalten werden, das wird ein Kurier besorgen, der zwischen Viterbo und Florenz hin- und herläuft.

Die erste gute Nachricht, die er erhält, ist, dass Cristoforo nicht nur Mitridates Gefängniswärter ausfindig gemacht hat, einen einäugigen Riesen mit Namen Rolando, sondern auch dabei ist, sich mit ihm anzufreunden.

Die zweite ist, dass Rolando sich gegen ein beträchtliches Entgelt bereit erklärt hat, ein Treffen zwischen Cristoforo und Mitridate zu ermöglichen, indem er Picos Sekretär nachts durch einen Nebeneingang hereinlässt, der direkt in die unterirdischen Gewölbe des Gefängnisses führt.

Die dritte Nachricht hört er von Cristoforo persönlich, der nach Florenz zurückgekehrt ist. Die Begegnung mit Mitridate hat stattgefunden. Und Picos Vermutung hat sich als richtig erwiesen, Mitridate besitzt die zehn gestohlenen Bücher noch. Aus Vorsicht hatte er sie lange vor seiner Verhaftung an einem sicheren Ort versteckt.

Für die Rückgabe stellt Mitridate nur eine einzige Bedingung, und zu der gibt es keine Alternative.

Da derjenige, der ihn ins Gefängnis werfen ließ, eindeutig die Absicht hat, ihn dort bis ans Ende seiner Tage schmoren zu lassen, kann der Tauschhandel nur darin bestehen, dass ihm für die Rückerstattung der entwendeten Bücher die Flucht aus dem Gefängnis ermöglicht wird. Nebst Versorgung mit einer ansehnlichen Summe Geldes.

«Wenn er die Bücher nun aber schon verkauft hat, welche Garantie haben wir dann? Wir lassen ihn ausbrechen, und er macht sich hohnlachend aus dem Staube», wendet Pico ein.

«Mitridates Kopf arbeitet noch gut, er hat diesen Einwand vorhergesehen», antwortet Cristoforo. «Die Bücher sind auf zwei Kisten verteilt, fünf in einer, fünf in der anderen, und er ist bereit, mir zum Beweis seiner Zuverlässigkeit zu sagen, wo sich die erste Kiste befindet, damit ich sie noch vor der Flucht sicherstellen kann.»

Cristoforo kehrt, mit ausreichend Geld versehen, nach Viterbo zurück. Eine Woche später übergibt der Kurier Picos zitternden Händen eine kleine Kiste.

Pico öffnet sie. Fünf Bücher, die ihm gehören, sind darin. Also sagt Mitridate die Wahrheit. Er gibt Cristoforo freie Bahn zur Vorbereitung der Flucht.

Die kein leichtes Unterfangen ist. Rolando, der Wächter, will außer dem Geld noch etwas anderes. Da man ihn aller

Wahrscheinlichkeit nach für die Flucht des Gefangenen zur Verantwortung ziehen wird, verlangt er, dass sein Leben geschützt wird. Mit anderen Worten, Cristoforo soll ihn mit nach Florenz nehmen, wo er im Dienst des Conte Mirandola arbeiten wird.

Pico akzeptiert Rolandos Bedingungen.

Zehn Tage später ist Pico wieder im Besitz all seiner Bücher.

«Und was macht Mitridate?», fragt er zerstreut.

«Ich habe ihm gezahlt, was vereinbart war», antwortet Cristoforo. «Und ich habe ihn auf die Straße nach Rom gebracht. Er sagt, er will nach Sizilien zurückkehren.»

Drei

Miriam hatte eine schlechte Nacht. Erst als der Tag heraufdämmerte, konnte sie einschlafen. Doch als sie nach ein, zwei Stunden wieder aufgewacht ist, hat sie zu schreien begonnen, weil sie ihr Testament machen wollte. Die Bulfarachi, die früher Abul Farag hießen, sind jetzt wohlhabende Juden, sie haben mit dem Viehhandel Geld gemacht, daher ist ihnen zusammen mit vier anderen reichen jüdischen Familien das Privileg gewährt worden, offizielle Dokumente anzufordern oder zu unterzeichnen.

Siebzig Jahre ist sie alt, die zweimalige Witwe Miriam. Seit drei Monaten steht sie nicht mehr aus dem Bett auf. Sie wird von einer Dienerin versorgt, und die beiden Söhne, die sie von ihrem zweiten Ehemann Siminto hat, Hieremia und Channa, kommen sie jeden Tag besuchen.

«Warum wollt Ihr, dass der Notar kommt?», fragt Hieremia. «Wenn Ihr diese Krankheit erst einmal überwunden habt, werdet Ihr noch viele Jahre leben!»

«Ich hatte einen bösen Traum», sagt Miriam.

«Erzählt ihn!», fordert Channa sie auf.

«Ich habe geträumt, dass Guglielmo Moncada zurückkommt und Euer Erbe an sich reißt.»

Nach dem Verrat und der Taufe ihres ältesten Sohnes hat sie ihn nie wieder mit seinem richtigen Namen genannt, Samuel. Dieser Name wurde von ihrem ersten Ehemann Nissim dreimal verflucht, bevor er an gebrochenem Herzen starb, der Ärmste.

Hieremia und Channa wissen, dass dieser Traum durch die

Nachricht von Samuels Flucht aus dem Gefängnis in Viterbo ausgelöst wurde, die auf geheimnisvolle Weise bis nach Caltabellotta gelangt ist. Offenbar hat die Dienerin sich beeilt, Miriam davon zu berichten.

«Ich glaube nicht, dass er den Mut hat, hierher zurückzukommen», sagt Hieremia.

«Aber selbst wenn er sich nicht blicken lässt, bei all den Freundschaften, die er hat, könnte er ...», vermutet Channa.

Sie wissen nicht, in welch prekärer Lage Samuel sich mittlerweile befindet. Ihre Erinnerung ist bei dem schrecklichen Tag stehengeblieben, an dem der Conte sie aus dem Judenviertel evakuieren ließ, weil die Worte ihres Stiefbruders die Christen zu Gewaltakten gegen sie hätten anstacheln können.

Und so war es tatsächlich geschehen.

Darum, wegen der Erinnerung an diesen Tag, widersetzen die beiden Söhne sich dem Wunsch ihrer Mutter nicht.

Miriam kann nicht aufstehen, also kommt der Notar Andrea Liotta am Morgen des 6. März 1491 ins Judenviertel.

Miriam vererbt ihren gesamten Besitz Hieremia und Channa und hinterlässt zuletzt dem Signor «Guglielmo Moncata eius filio tarenos duos excludens eum ab omni alio iure hereditatis suae».

Eine zweifache Ohrfeige. Sie erkennt Samuel zwar als ihren Sohn an, nennt ihn aber mit einem Namen und einem Nachnamen, die niemals zu ihrer Familie gehört haben. Und sie hinterlässt ihm nur zwei Tarenos, also zwei Tari, ein Almosen, wenn man bedenkt, dass der Taro Kleingeld ist, der dreißigste Teil einer Unze. Und damit schließt sie ihn von allen anderen Ansprüchen auf die Erbschaft aus.

Doch das Testament wird sich als eine überflüssige Vorsichtsmaßnahme erweisen.

Samuel, alias Guglielmo Moncada, wird seine testamentarischen Rechte niemals einklagen und das Dokument auch nicht anfechten.

So wird Hieremia denken, dass er es richtig eingeschätzt hat: Samuel würde nicht wagen, nach Caltabellotta zurückzukehren.

Die Bulfarachi werden nie mehr von ihm hören.

Vier

… und ist herunterkommen zu einem homo miserabilis im Aussehen item in den vestimenta, welche er am Leib trägt, auch ist er in Vergleichung mit dem jungen Manne von einst über alle Maßen verändert, kahlköpfig, ohne Zähne, das Fleisch der Wangen eingesunken, unbeholfen der Schritt, weit fortgeschrittener an Jahren anmutend, daher es scheinen wollt, nicht hätt ich ihm den Taufpaten gestanden, sondern wären wir just im selben Jahr geboren.

Wie um dieses zu bestätigen, sagte er mir, dass er seit langer Zeit in Caltabellotta lebe, ohne sich minime zu befürchten, indem da es keinen Menschen gebe, dem einfallen könnte, er befände sich hodie diem in Gesellschaft von Samuel dem Juden noch gar von Guillelmo Moncada dem Christen.

Er sprach die Wahrheit, dieweil keiner imstand gewesen wäre, ihn zu erkennen, wann es mir selbst kaum möglich war, wie er vor mir erschienen.

Item fragte er mich, ob ich ihm helfen könne, also gewährt ich ihm Unterschlupf in einem kleinen Haus, welches mein Eigen, und versorgt ich ihn, auf dass er nicht andre um Almosen bitte.

Nach zwei Monaten verließ er jenen Ort, und nicht ich noch andre hatten je wieder Kunde von ihm.

Dieses zu Eurer Kenntnis

        GUGLIELMO RAIMONDO MONCADA
                Conte von Aderno

6 Das letzte Erscheinen

Als ich damals die Lektüre von *Delle cose di Sicilia* beendet hatte, schnitt ich diese Zeitungsnotiz des *Il Messaggero* aus und legte sie zwischen die Seiten des Katalogs von Carmassi. Dort steckte sie über zwanzig Jahre lang.

AB 23. DEZEMBER
RAIMONDO MONCADA, DER MAGIER AUS PERUGIA, IM ZIRKUS NANDO ORFEI

MONCADA, ein enger Freund der Familie ORFEI, in deren Zirkus er seit langer Zeit seine Künste ausübt, wird während der Vorführungen anwesend sein und das Publikum jeden Tag von 10 bis 12 Uhr und von 16 bis 19 Uhr im Zirkus ORFEI (Via C. Colombo) empfangen. Während der Weihnachtsfeiertage hat das große Publikum von Rom Gelegenheit, das phantastische Schauspiel des Zirkus und einen Auftritt des berühmten Magiers zu erleben, der durch bloße Berührung mit der Hand Probleme erkennen und die richtigen Lösungen finden kann, die zu Glück und Reichtum führen.

Ich danke Eileen Romano dafür, dass sie so viele Dokumente gefunden hat, die von entscheidender Bedeutung waren, um dieses mögliche Bild von Flavio Mitridate zu rekonstruieren.

A. C.

Literaturliste

Leonardo Sciascia, *La faccia ferina dell'Umanesimo*, Ausstellungskatalog Arturo Carnassi, Edizioni 32, Osnago 1972.

Mario Dal Pra, *Cabala*, in: Enciclopedia Einaudi, Bd. 2, Einaudi, Turin 1977.

Giuseppe Picone, *Memorie storiche agrigentine*, Anastatischer Druck, Druckerei Sarcuto, Agrigent 1984.

Raffaele Starrabba, «Guglielmo Raimondo Moncada», in: *Delle cose di Sicilia*, Bd. 1, Sellerio, Palermo 1986.

François Secret, *Guglielmo Raimondo Moncada alias Flavio Mitridate. Un ebreo converso siciliano*, Akten der internationalen Tagung in Caltabellotta, 23.–24. Oktober 2004, Edizioni Officina Studi Medievali, Palermo 2008.

Giulio Busi, *Vera relazione sulla vita e i fatti di Giovanni Pico conte della Mirandola*, Aragno Editore, Turin 2010.

Inhalt

1 Samuel ben Nissim Abul Farag

Eins	7
Zwei	21
Drei	34
Vier	48

2 Guglielmo Raimondo Moncada

Eins	73
Zwei	86
Drei	100
Vier	114

3 Flavio Mitridate

Eins	137
Zwei	150
Drei	163

4 Die Finsternis

173

5 Schlussfolgerungen

   Eins   187
   Zwei   191
   Drei   194
   Vier   197

6 Das letzte Erscheinen
   199

   Literaturliste
   204

ANDREA CAMILLERI
bei Nagel & Kimche

Die Revolution des Mondes
 Roman. Aus dem Italienischen von Karin Krieger
 320 Seiten, gebunden. ISBN 978-3-312-00602-1

Als 1677 in Sizilien der Vizekönig an Elephantiasis stirbt, reiben sich die königlichen Räte die Hände: Endlich können sie sich nach Herzenslust bereichern! Doch die junge und unfassbar schöne Witwe durchkreuzt ihre Pläne, besteigt den Thron und lehrt die Höflinge das Fürchten.

«In knappen, pointierten Kapiteln schildert Camilleri die Regentschaft der jungen Vizekönigin, deren Schönheit die gesamte Umgebung erstarren lässt» Maike Albath, *Neue Zürcher Zeitung*

Die Verlockung
 Aus dem Italienischen von Karin Krieger
 Roman. 160 Seiten, gebunden. ISBN 978-3-312-00996-1

Der Wirtschaftsprüfer Mauro Assante soll eine Bank überprüfen, an der mächtige Politiker beteiligt sind. Eines Abends steht eine wunderschöne Frau vor der Tür. Eine bösartige Intrige nimmt ihren Lauf, hintergründig, erotisch, spannend und mit grandioser Komik erzählt.

«Er schreibt und formuliert blitzgescheit, intuitiv einfach und zum Nichtausderhandlegenkönnen unterhaltsam zugleich ... große Kunst.» Wiglaf Droste, *Junge Welt*

Berühre mich nicht
 Aus dem Italienischen von Annette Kopetzki
 Roman. 160 Seiten, gebunden. ISBN 978-3-312-01034-9

Andrea Camilleri rekonstruiert die Geschichte eines schillernden Mannes der Renaissance, der nacheinander drei verschiedene Identitäten annahm. Eins war er immer: blitzgescheit, skrupellos, machthungrig. Und ein Mörder obendrein.

«Laura, die Heldin von Camilleris Roman, (...) ist eine komplexe Person, entsprechend komplex ist dieser Roman und genauso spannend wie ein Montalbano-Krimi.» Julia Gaß, *Ruhr Nachrichten*

Streng vertraulich
Roman. Aus dem Italienischen von Sigrid Vagt
272 Seiten, gebunden. ISBN 978-3-312-00468-3

Die Geschichte eines eleganten Schlitzohrs, der eine mächtige Bürokratie austrickst: 1929 reist der Neffe des äthiopischen Kaisers Negus nach Vigàta in Sizilien, um zu studieren. Und die faschistische Diktatur versucht das für ihre Zwecke auszunutzen.

«Ebenso tiefgründig wie urkomisch.» Niklas Bender, *Frankfurter Allgemeine Zeitung*

Die Münze von Akragas
Roman. Aus dem Italienischen von Annette Kopetzki
144 Seiten, gebunden. ISBN 978-3-312-00495-9

406 v. C. wird Akragas, das heutige Agrigent, von den Karthagern zerstört. 1909 entdeckt ein Bauer eine antike Münze, sie geht verloren, wird fieberhaft gesucht. Ein archäologisches Mysterium um einen unscheinbaren Gegenstand, mit Dieben, Toten und Verdächtigen.

«Das Amalgam aus historischen Fakten und erzählerischer Phantasie ist ein reines Lektürevergnügen.» *Der Spiegel*

Die Sekte der Engel
Roman. Aus dem Italienischen von Annette Kopetzki
260 Seiten, gebunden. ISBN 978-3-312-00551-2

Zur Jahrhundertwende werden in einem sizilianischen Dorf unverheiratete Frauen plötzlich schwanger. Der Polizeipräfekt ermittelt, aber Klerus, Adel und Mafia halten fest zusammen. Camilleri macht aus einem historischen Ereignis einen Thriller mit Witz und Tiefsinn.

«Man kann das Buch nicht aus der Hand legen, bevor man nicht die letzte Zeile gelesen hat.» Aureliana Sorrento, *SWR 2 Buchkritik*

Romeo und Julia in Vigata
Aus dem Italienischen von Annette Kopetzki
240 Seiten, gebunden. ISBN 978-3-312-00647-2

1899 verlieben sich auf einem großen Maskenball zur Feier des neuen Jahrhunderts die bildhübsche Mariarosa und der kernige Jüngling Manuali unsterblich. Sie beschließen die gemeinsame Flucht. Die Mafia soll eine Entführung vortäuschen. Und da wird es kompliziert.

«Camilleri ist ein Chronist dieser Welt: geistreich, weise und absolut unterhaltsam. Ein Könner.» *ZDF Aspekte*

Andrea Camilleri, 1925 geboren, ist einer der erfolgreichsten Schriftsteller Italiens. Seine berühmteste Figur ist der Commissario Montalbano. Bei Nagel & Kimche erschienen *Romeo und Julia in Vigata* (2015) sowie die Romane *Streng vertraulich* (2010), *Die Sekte der Engel* (2013), *Die Revolution des Mondes* (2014), *Die Verlockung* (2016) und *Berühre mich nicht* (2017).

Annette Kopetzki, 1959 geboren, übersetzte u. a. Pier Paolo Pasolini, Erri De Luca und Alessandro Baricco.